Viktor Astafjew

Der traurige Detektiv

1

Leonid Soschnin ging in scheußlicher Laune nach Hause. Er hatte es weit, fast bis zum Stadtrand, zur Eisenbahnersiedlung, aber er nahm nicht den Bus, das kaputte Bein sollte ruhig schmerzen, dafür würde der Fußmarsch ihn beruhigen, und er konnte alles überdenken, was ihm im Verlag gesagt worden war, konnte es überdenken und nachsinnen, wie er nun leben und was er tun sollte.

Einen Verlag als solchen gab es in der Stadt Wejsk eigentlich nicht mehr, nur eine Abteilung war übriggeblieben, der Verlag selbst war in eine größere und, wie die Liquidatoren gewähnt haben mochten, kultiviertere Stadt verlegt worden, die über eine leistungsfähige polygraphische Basis verfügte. Aber diese »Basis« glich derjenigen in Wejsk: klappriges Erbe der alten russischen Städte. Die Druckerei befand sich in einem vorrevolutionären Gebäude aus groben braunen Ziegeln; das Gemäuer war unten durchsteppt von vergitterten schmalen und oben formschön gebogenen Fenstern, die auch schmal waren, aber in die Länge gezogen wie Ausrufungszeichen. Das Gebäude mit der Setzerei und den Druckmaschinen war zur Hälfte in die Erde eingesunken, und obwohl dort an der Decke dichte Reihen von Taglichtlampen klebten, war es klamm und ungemütlich, und irgendwie hatte man das Gefühl, als ob die Ohren verstopft waren, als ob andauernd etwas zirpte oder ein vergrabener Sprengkörper mit Zeitzünder tickte.

Die Verlagsabteilung war in zweieinhalb Zimmern untergebracht, die die Gebietszeitung mit Ach und Krach herausgerückt hatte. In einem davon hauste, in Qualm gehüllt, zappelnd, auf dem Stuhl herumrutschend, nach dem Hörer greifend, Zigarettenasche verstreuend, die Wejsker Kulturkoryphäe Oktjabrina Perfiljewna Syrokwassowa, die die örtliche Literatur vorwärts und voran bewegte. Die Syrokwassowa sah sich selbst als kompetenten Menschen an, denn wenn nicht in der Kultur des Landes, so doch zumindest in Wejsk fand sie dem Intellekt nach nicht ihresgleichen. Sie hielt Vorträge und Referate über die Gegenwartsliteratur, veröffentlichte die Verlagspläne in der Zeitung, besprach gelegentlich, ebenfalls in der Zeitung, Bücher ortsansässiger Autoren und spickte sie, angebracht oder nicht, mit Zitaten aus Vergil oder Dante, Savonarola, Spinoza, Rabelais, Hegel und Saint-Exupéry, Kant und Ehrenburg, Juri Olescha, Tregub und Jermilow, störte mitunter auch die Grabesruhe von Einstein und Lunatscharski und sparte auch die Führer des Weltproletariats nicht aus.

Über Leonid Soschnins Werk war längst befunden worden. Erzählungen daraus waren in zwar dünnen, aber immerhin hauptstädtischen Zeitschriften erschienen, kritische Überblickartikel hatten es schon dreimal freundlich erwähnt, das Buch hatte fünf Jahre »Gewehr bei Fuß« gestanden, war in den Plan aufgenommen worden, hatte sich darin festgesetzt und mußte nur noch redigiert und ausgestattet werden.

Die Syrokwassowa hatte Leonid für zehn Uhr zu einer Arbeitsbesprechung bestellt, doch sie erschien erst gegen zwölf. Keuchend blies sie ihm ihren Tabakatem ins Gesicht, sauste an ihm vorbei durch den finsteren Korridor – die Glühbirnen hatte jemand »entführt« –, warf ihm ein heiseres »Entschuldigung!« hin und knirschte lange mit dem Schlüssel in dem kaputten Türschloß, wobei sie halblaut fluchte.

Endlich war ein ärgerliches Knarren zu hören, und

die alte, schlecht schließende Brettertür ließ einen Streifen trostloses graues Licht in den Korridor. Draußen fiel schon die zweite Woche ein feiner Nieselregen, der den Schnee in Matsch und die Straßen und Gassen in Schlitterbahnen verwandelte. Auf dem Fluß begann der Eisgang – und das im Dezember!

In Leonids Bein war ein unablässiger dumpfer Schmerz, in der Schulter brannte und bohrte die jüngste Wunde, die Müdigkeit wurde immer größer und machte ihn schläfrig. Er hatte nachts nicht schlafen können und sich wieder zu Feder und Papier geflüchtet. Das ist ja eine unheilbare Krankheit, die Graphomanie, dachte er auflachend, dann mußte er eingeschlummert sein, doch da zertrümmerte ein Schlag gegen die Wand die Stille.

»Galja!« warf die Syrokwassowa hochnäsig in den Raum. »Das Genie soll reinkommen!«

Galja war Stenotypistin, Buchhalterin und auch Sekretärin. Leonid sah sich um – im Korridor war niemand außer ihm, also mußte er das Genie sein.

»He, sind Sie hier?« Galja hatte die Tür mit dem Fuß aufgestoßen und steckte den Kopf mit den kurzgeschnittenen Haaren in den Korridor. »Sie sollen reingehen.«

Leonid bewegte die Schultern, zog den neuen Atlasschlips zurecht und strich mit der Hand die Haare glatt. Wenn er aufgeregt war, strich er sich immer über die Haare, denn das hatten, als er noch klein war, die Nachbarinnen und Tante Lina oft bei ihm getan, und er hatte es sich angewöhnt. Ruhig, ruhig! befahl er sich selbst und fragte mit manierlichem Räuspern: »Darf man?«

Das geübte Auge des ehemaligen Kriminalisten umfaßte mit einem Blick das Arbeitszimmer der Syrokwassowa. Eine altertümliche Etagere stand in der Ecke; auf einem gedrechselten Garderobenständer hing bucklig der nasse, stadtbekannte gelbliche Pelzmantel, der keinen Aufhänger hatte. Dahinter befand sich ein Regal aus glattgehobelten, doch ungestrichenen Brettern mit der literarischen Produktion des vereinigten Verlags. Im Vordergrund prangten ein paar nicht übel ausgestattete Geschenk- und Werbebände in Ledereinband.

»Legen Sie ab.« Die Syrokwassowa nickte zu dem alten gelben Schrank aus dicken Brettern. »Statt der Haken sind dort Nägel eingeschlagen. Nehmen Sie Platz.« Sie wies auf den Stuhl ihr gegenüber. Nachdem Leonid den Regenmantel ausgezogen hatte, warf sie gereizt eine Mappe vor sich hin, die sie unter dem Rock hervorgeholt zu haben schien.

Leonid erkannte die Mappe, die sein Manuskript enthielt, kaum wieder. Sie hatte einen komplizierten verlegerischen Weg zurückgelegt, seit er sie damals hier abgeliefert hatte. Sein Kriminalistenblick registrierte, daß eine Teekanne darauf gestanden, eine Katze darauf gesessen und jemand Tee darauf vergossen hatte. Die Wunderkinder der Syrokwassowa – sie besaß drei Söhne von drei verschiedenen Literaturmachern – hatten eine Friedenstaube, einen Panzer mit Stern und ein Flugzeug darauf gezeichnet. Er mußte daran denken, wie er diese buntgesprenkelte Mappe eigens für seinen ersten Erzählungsband ausgesucht und aufgehoben, wie er den weißen Aufkleber darauf geklebt und mit Filzstift sorgfältig den freilich nicht sehr originellen Titel darauf geschrieben hatte: »Das Leben ist das Kostbarste«. Damals hatte er guten Grund gehabt, solches zu behaupten, und er hatte die Mappe zum Verlag gebracht mit einem Gefühl noch nie empfundener Erleichterung im Herzen, mit einer Gier, zu leben, zu schreiben, den Menschen nützlich zu sein – so geht es allen, die aus dem »Jenseits« auferstanden sind, sich von dort herausgerappelt haben.

Der weiße Aufkleber war in den fünf Jahren ergraut, jemand hatte mit dem Fingernagel daran gepolkt, vielleicht hatte auch der Klebstoff nichts getaugt, aber die festliche Stimmung, die Helligkeit im Herzen – wo waren sie geblieben? Er sah auf dem Tisch ein schlampig aufbewahrtes Manuskript mit zwei Gutachten, die forsche, versoffene Wejsker Denker nebenher geschrieben hatten, Leute, die sich bei der Syrokwassowa etwas dazuverdienten und die Miliz, von der sein Manuskript in der buntgesprenkelten Mappe handelte, zumeist im Ausnüchterungshaus kennengelernt hatten. Leonid wußte, wie teuer menschliche Schlamperei jedwedem Leben, jedweder Gesellschaft zu stehen kommt. Wenn überhaupt etwas, dann saß das in ihm. Fest. Für immer.

»Tja, also, das Leben ist das Kostbarste.« Die Syrokwassowa zog mit schiefem Mund an ihrer Zigarette, verschwand in einer Rauchwolke, blätterte flüchtig in den Gutachten und wiederholte immer wieder in versonnener Entrücktheit: »Das Kostbarste . . . das Kostbarste . . .«

»So habe ich vor fünf Jahren gedacht.«

»Wie meinen Sie?« Die Syrokwassowa hob den Kopf, und Leonid sah welke Wangen, nachlässig blau gemalte Lider, ebenso nachlässig gefärbte Wimpern und Brauen – mit getrockneter Tusche; schwarze Krümel klebten an den storren, schon arg gelichteten Wimpern und Brauen. Die Syrokwassowa trug bequeme Kleidung, eine Art moderner Arbeitsklamotten für Frauen: schwarzer Rollkragenpulli, der nicht oft gewaschen, und darüber eine Jeansweste, die nicht gebügelt zu werden brauchte.

»So habe ich vor fünf Jahren gedacht, Oktjabrina Perfiljewna.«

»Und jetzt nicht mehr?« Giftigkeit war in der Miene

und in den Worten der Syrokwassowa, die das Manuskript durchwühlte wie Kohlabfall. »Sie sind vom Leben enttäuscht?«

»Noch nicht ganz.«

»Soso! Interessant-interessant! Löblich-löblich! Also noch nicht ganz?«

Sie weiß ja gar nicht mehr, was drinsteht! Sie will Zeit schinden; um es so nebenher irgendwie rauszukriegen. Wie sie sich wohl herauswindet? Das möchte ich wissen! Leonid wartete ab, ließ die letzte Halbfrage der Redakteurin unbeantwortet.

»Ich denke, wir brauchen nicht lange zu reden. Es hat auch keinen Sinn, Zeit zu verschwenden. Ihr Manuskript ist im Plan. Ich werde noch einiges korrigieren, Ihrem Werk ein christliches Aussehen verleihen, dann kriegt es der Graphiker. Im Sommer, schätze ich, werden Sie Ihr Erstlingswerk gedruckt in Händen haben. Natürlich nur, wenn sie uns Papier geben, wenn in der Druckerei nichts dazwischenkommt, wenn der Plan nicht gekürzt wird und so weiter und so fort. Aber ich möchte noch etwas anderes mit Ihnen besprechen, was die Zukunft betrifft. Ich entnehme der Presse, daß Sie fleißig weiterarbeiten, Sie werden gedruckt, nicht oft zwar, aber aus aktuellem Anlaß, und Sie haben ja auch ein zeitgemäßes Thema, die Miliz!«

»Mein Thema ist der Mensch, Oktjabrina Perfiljewna.«

»Wie meinen Sie? Es ist Ihr Recht, so zu denken. Aber wenn ich ehrlich sein soll – bis zu den menschlichen und erst recht den allgemeinmenschlichen Problemen haben Sie es noch ganz schön weit! Wie sagte doch Goethe: ›Unerreichbar wie der Himmel.‹«

Diesem Ausspruch war Leonid bei dem großen deutschen Dichter nie begegnet. Die Syrokwassowa mochte bei ihrer hektischen Lebensweise Goethe mit einem anderen verwechselt oder ihn ungenau zitiert haben.

»Sie haben noch nicht ganz mitbekommen, was eine Fabel ist, und ohne Fabel, entschuldigen Sie, sind Ihre kleinen Milizgeschichten Spreu, Spreu von gedroschenem Getreide.« Es riß die Syrokwassowa hinein in die Literaturtheorie. »Und erst der Rhythmus der Prosa, ihre Quintessenz sozusagen, ist für Sie ein Buch mit sieben Siegeln. Und dann gibt es noch die Form, die ewig sich erneuernde, die bewegliche Form . . .«

»Ich weiß, was Form ist.«

»Wie meinen Sie?« Die Syrokwassowa fuhr auf. Während ihrer gefühlvollen Predigt hatte sie die Augen geschlossen und Asche auf die Glasscheibe gestreut, unter der Zeichnungen ihrer genialen Kinder prangten wie auch die knitterige Photographie eines durchreisenden Poeten, der sich vor drei Jahren im Suff im Hotel aufgehängt hatte und damit in die fast heiligen Reihen der verstorbenen Modepersönlichkeiten aufgestiegen war. Mit Asche verschmutzt waren auch ihre Jeansweste, der Stuhl und der Fußboden; die Jeansweste war von aschgrauer Farbe, und irgendwie schien die ganze Syrokwassowa eingehüllt in Asche oder den Moder der Zeit, sie wirkte wie eine handelnde Person in einem Fernseher mit veraltetem Bildschirm und zwei kaputten Röhren.

»Ich sagte, ich weiß, was Form ist. Ich habe lange Uniform getragen.«

»Ich habe nicht die Milizuniform gemeint.«

»Ihre Feinheit ist mir entgangen. Entschuldigen Sie.« Leonid erhob sich mit dem Gefühl, daß rasende Wut auf ihn einzudreschen begann. »Wenn Sie mich nicht mehr brauchen, erlaube ich mir, mich zu entfernen.«

»Ja, ja, entfernen Sie sich«, sagte die Syrokwassowa

etwas verwirrt, dann wurde sie sachlich. »Die Buchhaltung wird Ihnen einen Vorschuß anweisen. Sechzig Prozent des Honorars. Aber mit Geld sind wir wie immer etwas klamm.«

»Danke. Ich habe meine Rente. Damit komme ich aus.«

»Rente? Mit vierzig?«

»Ich bin zweiundvierzig, Oktjabrina Perfiljewna.«

»Aber das ist doch kein Alter für einen Mann!« Wie jedes ewig gereizte Wesen weiblichen Geschlechts suchte die Syrokwassowa nach Fassung, tat freundlich und gab sich Mühe, an die Stelle des giftigen Tons halb scherzende Vertraulichkeit zu setzen.

Aber Leonid akzeptierte den veränderten Ton nicht, er verabschiedete sich und trat in den finsteren Korridor.

»Ich halte die Tür auf, damit Sie sich nicht stoßen!« rief ihm die Syrokwassowa hinterher.

Leonid gab keine Antwort, er trat auf die Außentreppe und blieb unter dem Vordach stehen, dessen Ränder mit altertümlichem Schnitzwerk geschmückt waren. Dieses war von gelangweilten Taugenichtsen abgebröckelt worden wie Roggenpfefferkuchen. Leonid schlug den Kragen des gefütterten Milizregenmantels hoch, zog den Kopf ein und trat hinaus in den lautlosen Regen wie in eine versunkene Wüste. Er betrat die Bar, wo die Stammkunden ihn mit beifälligem Stimmengewirr begrüßten und ihn ins »Gespräch« zu ziehen versuchten, bestellte ein Gläschen Kognak, kippte ihn hinunter, ging wieder hinaus und spürte, wie es im Mund trocken und in der Brust warm wurde. Die Wärme schien das Brennen in der Schulter weggewischt zu haben, nun, und an den Schmerz im Bein hatte er sich gewissermaßen gewöhnt, vielleicht auch sich schlicht damit abgefunden.

Ob ich noch einen trinke? Nein, lieber nicht, beschloß

er, ich habe lange nicht getrunken, dann krieg ich noch einen Schwips.

Er ging durch seine Heimatstadt und beobachtete, wie er es im Dienst gelernt hatte, unter dem Schirm der nassen Mütze hervor, was sich ringsum tat, was da so stand, ging und fuhr. Gefahren wurde wenig, gestanden viel und gegangen mit Vorsicht. Das Glatteis hemmte nicht nur den Verkehr, sondern das ganze Leben. Die Leute saßen zu Hause, arbeiteten lieber unter Dach und Fach, von oben goß es, alles floß und gluckerte, das Wasser sickerte nicht in Bächlein und Flüßchen, sondern irgendwie farblos, flach, unorganisiert: lag da, strudelte, rann von Pfütze zu Pfütze, von Ritze zu Ritze. Überall trat vorher zugeschneiter Wegwurf zutage: Papier, Kippen, aufgeweichte Schachteln, im Wind flatterndes Zellophan. Auf den schwarzen Linden und den grauen Pappeln klebten Krähen und Dohlen, es schaukelte sie, ab und zu kippte der Wind einen Vogel um, dann klammerte er sich blindlings und schwerfällig an seinen Zweig, rappelte sich schläfrig, mit greisenhaftem Schnarren wieder hoch, stieß, wie an einem Knochen würgend, einen Schrei aus und verstummte.

Leonids Gedanken paßten zu dem Wetter, sie regten sich langsam, dickflüssig in seinem Kopf, sie flossen nicht, liefen nicht, sondern bewegten sich langsam, und in dieser langsamen Bewegung war kein fernes Licht, kein Traum, nur eine Unruhe, eine Sorge – wie sollte er weiter leben?

Eines war ihm völlig klar – bei der Miliz hatte er ausgedient, ausgekämpft. Ein für allemal! Die gewohnte Strecke, eingefahren, eingleisig – vernichte das Böse, bekämpfe das Verbrechen, sichere den Menschen ihre Ruhe –, war mit einem Schlag abgebrochen und glich dem toten Gleis, bei dem er aufgewachsen war und als Kind Eisenbahner gespielt hatte. Die Schienen und die Schwellen, die sie zusammenhielten, waren zu Ende, und dahinter gab es keine Richtung, kein Gleis, dahinter lag die ganze Erde – geh aufs Geradewohl los oder dreh dich auf dem Fleck oder setz dich auf die letzte Schwelle des toten Gleises, die mit der Zeit rissig geworden ist, verwittert und nicht mehr klebrig von der Tränkung, versinke in Nachdenken, döse oder brülle aus vollem Halse: »Ich setz mich hin und denk ergeben: Wie soll ein Mensch so einsam leben?«

Wie sollte er leben? Als einsamer Mensch? Es ist schwer, zu leben ohne den gewohnten Dienst, ohne Arbeit und Dienstkleidung und Kantine, er mußte sich von nun an um Kleidung und Essen selber kümmern, mußte irgendwo waschen und bügeln lassen, mußte kochen und Geschirr spülen.

Aber nicht das, nicht das war das Wichtigste, das Wichtigste war, wie er leben sollte inmitten des Volkes, das er lange Zeit in Verbrecher und Nichtverbrecher eingeteilt hatte. Die Welt der Verbrecher, an die war er gewöhnt, sie hatte ein Gesicht, aber die Welt der Nichtverbrecher? Wie war sie beschaffen in ihrer Buntheit, in ihrer Menge, in ihrer Hektik und ständigen Bewegung? Wohin? Wozu? Mit was für Absichten? Mit was für Gepflogenheiten? Brüder! Nehmt mich auf! Laßt mich zu euch! hätte Leonid am liebsten gerufen, gleichsam im Scherz, mit gewohntem Übermut, aber nun war das Spiel zu Ende. Und nun zeigte sich, trat ihm entgegen das gewöhnliche Leben, der Alltag. Ach, wie mag er nur sein, der alltägliche Alltag der Menschen?

Leonid wollte auf den Markt, Äpfel kaufen, aber vor dem Eingangstor mit den schiefen Sperrholzbuchstaben auf dem Torbogen »Herzlich willkommen« stand fläzig eine besoffene Frau, die »Mülltonne«, und pöbelte die Passanten an. Den Spitznamen hatte sie wegen ihres zahnlosen und schmutzigen schwarzen Mundes bekommen, und sie war keine Frau mehr, sondern ein ausgesondertes Wesen mit blinder, halbwahnsinniger Gier nach Suff und Sauerei. Sie hatte Familie gehabt, Mann und Kinder, und sie hatte im Laienchor des Eisenbahnkulturhauses à la Mordassowa gesungen, aber sie hatte alles dem Suff geopfert, alles verloren und war zu einer schmählichen Sehenswürdigkeit der Stadt Wejsk geworden. Die Miliz nahm sie nicht mehr mit, selbst in das Untersuchungsgefängnis der Verwaltung für Inneres, das vom Volk »Assispeicher« genannt wurde und in der groben alten Zeit Landstreichergefängnis geheißen hatte, kam sie nicht mehr hinein, vom Ausnüchterungshaus wurde sie weggejagt, und das Altersheim nahm sie nicht auf, denn alt sah sie nur aus. An öffentlichen Plätzen führte sie sich schandbar, schamlos auf, mit frecher und rachsüchtiger Herausforderung gegen alle Welt. Mit der »Mülltonne« konnte man nicht kämpfen, gegen sie gab es keine Waffen, und obwohl sie auf der Straße herumlag und auf Dachböden und Parkbänken schlief, starb sie nicht, erfror sie nicht.

»Ach, mein ausgelaßnes Lachen
konnte schwach die Männer machen«,

grölte die »Mülltonne« heiser, und der Nieselregen, die naßkalte Räumlichkeit nahmen ihre Stimme nicht in sich auf, als wollte die Natur diese ihre Ausgeburt von sich wegschieben, wegstoßen. Leonid machte einen Bogen um den Markt und die »Mülltonne«. Alles floß, schwamm, sickerte als nasse Leere über die Erde und den Himmel, und in dem grauen Licht, der grauen

Erde, der grauen Schwermut war kein Ende. Doch plötzlich kam es auf dem lichtlosen, grauen Planeten zu einer Belebung, zu Gerede und Gelächter, und auf der Kreuzung krächzte erschrocken ein Auto.

Auf der breiten, erst im Herbst mit Markierungen versehenen Straße, die sich Prospekt des Friedens nannte, genau in der Mitte, längs der weißen Punktierlinie, trottete gemächlich ein scheckiges Pferd mit einem Kumt um den Hals und schlug dann und wann mit dem geckenhaft gestutzten Schweif. Das Pferd kannte die Verkehrsregeln, seine Hufeisen klapperten wie die Importstiefel einer Modenärrin diesen denkbar neutralen Streifen entlang. Das Tier und sein Geschirr waren geputzt und gepflegt, es achtete auf rein gar nichts und stapfte geruhsam seiner Wege.

Sämtliche Leute folgten dem Gaul mit den Blicken, die Gesichter hellten sich auf, schmunzelten, und es hagelte Zurufe: »Er hat die Nase voll von seinem geizigen Herrn!«, »Er will sich im Schlachthof abliefern«, »Ach was, er will zum Ausnüchterungshaus, da ist es wärmer als im Pferdestall«, »Nichts dergleichen! Er geht der Frau von Kosaken-Lawrja Bescheid sagen, wo er steckt!«

Leonid lächelte aus seinem Kragen heraus und folgte dem Pferd mit dem Blick, das in Richtung der Brauerei ging. Dort war sein Stall. Sein Herr, der Brauereikutscher Lawrja Kasakow, im Volksmund Kosaken-Lawrja genannt, war ein alter Gardist aus dem Korps des Generals Below, Träger dreier Ruhmesorden und zahlreicher weiterer Orden und Medaillen. Er transportierte Limo und andere alkoholfreie Getränke zu den einzelnen »Punkten«, setzte sich dann zu den Männern in seinem Stamm-»Punkt«, dem Büfett des Sasontjew-Dampfbades, um über die vergangenen Feldzüge und die gegenwärtigen Zustände der Stadt zu reden, über Gift und Galle der Weiber und die Charakterlosigkeit der Männer, sein gescheites Pferd aber schickte er, damit es unter freiem Himmel nicht naß wurde und fror, ganz allein zurück zur Brauerei. Die gesamte Miliz von Wejsk, und nicht nur sie, sämtliche Ureinwohner der Stadt wußten: Wo das Brauereifuhrwerk steht, da plaudert und entspannt sich Kosaken-Lawrja. Und sein kluges, selbständiges Pferd versteht alles und läßt nichts auf sich kommen.

Schon hatte es eine kleine Verschiebung in der Seele gegeben, das scheußliche Wetter war nicht mehr ganz so bedrückend, und Leonid entschied, daß es an der Zeit sei, sich dreinzuschicken. Hier in diesem fauligen Winkel Rußlands war er geboren. Der Besuch im Verlag? Das Gespräch mit der Syrokwassowa? Zum Teufel damit! Diese blöde Kuh! Irgendwann würde man sie rausschmeißen. Sein Büchlein war ja nun wirklich kein Geniestreich – sein Erstling, naiv, von gequälter Nachahmerei, überdies veraltet in den fünf Jahren. Das nächste mußte er besser machen und ohne die Syrokwassowa herausbringen, vielleicht sogar in Moskau . . .

Leonid kaufte im Feinkostladen ein Weißbrot, ein Glas Kompott aus Bulgarien, eine Flasche Milch und ein Huhn, wenn man das leidvoll blinzelnde, bläulich nackte Wesen, aus dessen Hals lang und krallig die Pfoten ragten, ein Huhn nennen konnte. Aber teuer wie eine Gans! Doch auch dies war kein Gegenstand des Ärgers. Er würde Brühe mit Fadennudeln kochen, sie schön heiß essen und dann nach dem sättigenden Mahl nach dem archimedischen Prinzip beim monotonen Tröpfeln des Heizkörpers, beim Ticken der alten Wanduhr – er durfte nicht vergessen, sie aufzuziehen – und beim schlaffen Rauschen des Regens anderthalb bis zwei Stündchen nach Herzenslust lesen, dann ein Nikkerchen halten und hinterher die ganze Nacht schreiben. Nun, schreiben oder nicht, aber jedenfalls in einer abgesonderten, von seiner Phantasie geschaffenen Welt leben.

Leonid wohnte in der neuen Eisenbahnersiedlung, einem Mikrorayon, jedoch in einem alten zweigeschossigen Holzhaus mit der Nummer sieben. Man hatte vergessen, es abzureißen, und dieses Vergessen nachträglich legalisiert: Das Haus war an die Gas- und Warmwasserversorgung sowie an die Kanalisation angeschlossen worden. Es war in den dreißiger Jahren nach einem anspruchslosen architektonischen Entwurf gebaut worden, hatte eine Innentreppe, die es in zwei Hälften teilte, und ein spitzes Giebeldach über der Eingangstür, die früher verglast gewesen war, hatte gelbliche Außenwände und ein braunes Dach. Bescheiden blinzelnd, sank das Haus zwischen zwei Hochhäusern in Plattenbauweise demütig in die Erde. Es war eine Sehenswürdigkeit, ein Wegzeichen, eine Erinnerung an die Kindheit und ein freundlicher Hort für Menschen. Die Bewohner des neuen Bezirks orientierten Ankömmlinge und sich selbst nach dem proletarischen Holzbau: »Wenn du an dem gelben Häuschen vorbeikommst . . .«

Leonid liebte sein Haus, oder es tat ihm leid, schwer zu sagen. Wahrscheinlich beides, denn er war darin aufgewachsen und kannte keine anderen Häuser, er hatte außer in Heimen nie woanders gewohnt. Sein Vater war bei der Kavallerie gewesen, gleichfalls im Korps Below, zusammen mit Kosaken-Lawrja, dieser als einfacher Soldat, der Vater als Zugführer. Der Vater war im Krieg geblieben, war bei einem Erkundungsritt des Kavalleriekorps im feindlichen Hinterland gefallen. Seine Mutter hatte im technischen Büro der Bahnstation Wejsk gearbeitet, in einem großen, niedrigen, halbdunklen Raum, und mit ihrer Schwester in diesem Häuschen gewohnt, Wohnung Nummer vier, im ersten Stock. Die Wohnung bestand aus zwei quadratischen Zimmerchen und der Küche. Die beiden Fenster des einen Zimmerchens blickten auf die Bahnstrecke, die beiden des anderen auf den Hof. Die Wohnung war seinerzeit an die junge Eisenbahnerfamilie vergeben worden, und die Schwester der Mutter, Leonids Tante, war aus dem Dorf zu ihnen gezogen; er erinnerte und kannte sie besser als die Mutter, weil im Krieg die Bürokräfte häufig eingesetzt wurden, um Waggons zu entladen, Schnee zu räumen, bei der Kolchosernte mitzuhelfen, darum war die Mutter selten zu Hause gewesen; sie hatte sich im Krieg überanstrengt und holte sich gegen Kriegsende eine schwere Erkältung, an der sie starb.

Damals war er mit Tante Lipa allein geblieben, die er durch einen kindlichen Irrtum Lina nannte, und als Lina war sie ihm im Gedächtnis geblieben. Tante Lina trat in die Fußstapfen ihrer Schwester und nahm deren Platz im technischen Büro ein. Sie hielten wie alle redlichen Bewohner der Siedlung gute Nachbarschaft, lebten von dem Kartoffelschlag außerhalb der Stadt, kamen von Zahltag zu Zahltag mühsam über die Runden. Manchmal, wenn ein neues Stück gekauft werden mußte oder wenn es ein Fest zu feiern galt, schafften sie es nicht. Die Tante heiratete nicht und versuchte es auch gar nicht, denn sie sagte: »Ich hab ja Lenja.« Aber große Feste feiern, dörflich geräuschvoll, mit Gesang und Tanz und Kreischen, das liebte sie sehr.

Wer oder was hatte diese anständige, arme Frau so verändert? Die Zeit? Die Menschen? Die Seuche? Wahrscheinlich alles zusammen. In dem Stationsbüro bekam sie zuerst einen eigenen Schreibtisch hinter einer Trennwand, dann ging es steil bergauf – sie wurde versetzt in die Handelsabteilung der Wejsker Eisenbahn. Nun brachte sie Geld, Wodka, Lebensmittel mit nach Hause, legte eine aufgedrehte Fröhlichkeit an den Tag, kam oft zu spät von der Arbeit, versuchte gar, sich flott anzuziehen und sich zu schminken. »Ach Lenja, Lenja! Ich gehe vor die Hunde, und du auch!« Kavaliere riefen an. Leonid nahm manchmal den Hörer ab und fragte grußlos, grob: »Wen wollen Sie sprechen?« – »Lipa.« – »Solch eine haben wir nicht!« – »Wieso nicht?« – »Haben wir nicht und basta!« Dann kratzte die Tante mit dem Pfötchen am Hörer: »Für mich, für mich . . .« – »Ach, Tante Lina wollen Sie sprechen? Hätten Sie doch gleich sagen können! Aber bitte! Aber immer!« Und langsam, um die Tante ein bißchen zu quälen, gab er ihr den Hörer. Die nahm ihn fest in die Hand: »Wieso rufst du an? Ich hab doch gesagt, später . . . Später, später! Wann, wann?« Es war zum Lachen und zum Heulen. Kein bißchen Erfahrung, sie verplapperte sich: »Wenn Leonid in der Schule ist.«

Leonid war schon ein Halbwüchsiger, und hochmütig erklärte er: »Ich kann auch jetzt schon gehen! Brauchst mir bloß sagen, wie lange, ich richt mich danach.« – »Aber Lenja!« rief sie errötend und senkte die Augen. »Das Büro ruft an, und du denkst dir sonstwas.«

Er lachte verletzend auf und versengte sie mit einem verächtlichen Blick, besonders wenn sie sich vergaß – dann stellte sie den geflickten Pantoffel zur Seite, schlang ein Bein ums andere oder reckte sich auf Zehenspitzen, wie ein Pipimädchen aus der zehnten Klasse, das in einer öffentlichen Telefonzelle mit verdrehten Äuglein in den Hörer zwitschert. Ausgerechnet jetzt mußte der Junge den Fußboden fegen; er rückte der Tante mit dem Besen die Beine zurecht und sang in brüchigem Baß: »Laßt nach, Leidenschaften der Liiebe.«

Die gute Frau hatte ihr Leben lang mit ihm und für ihn gelebt, wie konnte er sie da mit irgendwem teilen? Er war doch ein moderner Junge! Ein Egoist!

Vor dem Gebäude der Gebietsverwaltung für Inneres, das mit Keramikplatten aus den Karpaten verkleidet, aber davon nicht schöner, eher noch finsterer geworden war, parkte ein kirschroter Wolga, darin döste, an die Tür gelehnt, der Fahrer Wanja Strigaljow in Lederjacke und Kaninchenmütze. Er war ein sehr interessanter Mensch, denn er konnte einen Tag und eine Nacht im Wagen sitzen, ohne zu lesen, und langsam über irgend etwas nachdenken. Leonid fuhr manchmal mit dem Hausmeister der Verwaltung, Onkel Pascha, und seinem Freund, dem ehrwürdigen alten Aristarch Kapustin, zum Angeln. Ihnen war es irgendwie peinlich, daß der junge Mann mit dem Backenbart den ganzen Tag im Wagen saß und auf die Angler wartete. »Warum liest du nicht was, Wanja, Zeitschriften, Zeitungen oder ein Buch?« – »Wozu? Was soll das bringen?« sagte dann Wanja, gähnte behaglich und rollte sich in platonischer Wonne zusammen.

Und dann Onkel Pascha. Er fegte ständig. Oder er kratzte Schnee. Wenn kein Schnee lag und es regnete, fegte er das Wasser zum Tor der Verwaltung hinaus auf die Straße. Fegen und Hacken, das war Onkel Paschas Hauptbeschäftigung. Er war ein totaler Angelfanatiker und Hockeyfan und machte die Hausmeisterarbeit nur, um seine Wünsche zu erfüllen: Er war kein Trinker, trank aber gern, und um seine Rente nicht zu verklekkern, verdiente er sich mit dem Hausmeisterbesen etwas dazu, »für seine Ausgaben«, denn die Rente gab er in die zuverlässigen Hände seiner Frau. Sie pflegte ihm berechnend und vorwurfsvoll »Sonntagsgeld« auszuhändigen. »Das ist für dich, Pascha, ein Fünfer fürs Angeln, ein Dreier für dein verdammtes Hockey.«

Die Gebietsverwaltung für Inneres hielt noch ein paar Pferde in einem kleinen Stall, den Onkel Paschas Freund, der alte Aristarch Kapustin, unter sich hatte. Die beiden hatten einen Graben unter das Haus ihres Brötchengebers getrieben, bis zu den heißen Rohren der Wärmeversorgung, hatten darauf Pferdemist, Erde und Humus gehäuft und das Ganze oben mit Schieferplatten getarnt; dadurch hatten sie das ganze Jahr über so prächtige Würmer, daß jeder, selbst wenn es ein Natschalnik war, sie gerne im Auto mitnahm, um etwas von dem Köder abzubekommen. Mit Natschalniks fuhren Onkel Pascha und der alte Aristarch Kapustin nicht gern. Sie hatten von den Natschalniks und ihren Frauen schon im Alltag genug und wollten in der Natur völlig frei sein, ausspannen, die einen wie die anderen vergessen.

Die beiden Alten gingen gewöhnlich nachmittags um vier hinaus auf die Straße, stellten sich an die Kreuzung, stützten sich auf ihre Brecheisen, und bald hielt bei ihnen ein Auto, zumeist ein Lastwagen mit Plane oder Sperrholzverdeck, und leckte sie sozusagen vom Asphalt; Hände hoben die beiden Alten hinein, setzten sie nach hinten, mitten hinein ins Volk. »Ah, Pascha! Ah, Aristarch! Leben noch frisch?« rief es von allen Seiten, und von diesem Moment an konnten die erfahrenen Angler in ihrem heimischen Element Körper und

Seele entspannen und mit »ihren« Leuten über »ihre« Themen sprechen.

Onkel Paschas rechte Hand war voll weißer Narben, und diese Narben weckten bei den Anglern und nicht nur bei ihnen, sondern auch bei der übrigen Öffentlichkeit der Stadt vielleicht mehr Ehrfurcht als seine Kriegsverwundungen.

Die große Masse der Angler unterliegt einer Psychose, sie plätschern wellenweise über den zugefrorenen See, hacken, bohren, fluchen, erzählen von früheren Angelerfolgen, schmähen den Fortschritt, der die Fische zugrunde richtet, und bedauern, nicht zu einem anderen See gefahren zu sein.

Ein solcher Angler war Onkel Pascha nicht. Er suchte sich eine Stelle aus und wartete auf die milden Gaben der Natur; er war ein Meister der Angelkunst, für ein Fischsüppchen reichte es immer, was er nach Hause brachte, manchmal hatte er auch den ganzen Leierkasten voll, dazu einen Sack und das mit den Ärmeln verknotete Unterhemd, dann löffelte die ganze Verwaltung Fischsuppe, besonders der untere Apparat – allen gab Onkel Pascha von seinen Fischen ab. Der alte Aristarch Kapustin, der war ein Knauser, er dörrte die Fische zwischen den Doppelfenstern seiner Wohnung, stopfte sich dann damit die Taschen voll, erschien im Büfett des Sasontjew-Dampfbads, klopfte mit einem hartgedörrten Fisch auf den Tisch, und immer fanden sich Liebhaber, die gern etwas Salziges zwischen die Zähne nahmen und den alten Aristarch Kapustin mit Bier freihielten.

Von Onkel Pascha wurde eine haarsträubende Geschichte erzählt, über die er jedoch selber beifällig lachte. Er hatte vor dem Eisloch gehockt, und jeder

Angler, der vorüberging, löcherte ihn: »Na, beißen sie?« Onkel Pascha schwieg und antwortete nicht. Immer wieder löcherten sie ihn! Schließlich hielt er's nicht aus, spuckte den Mund voll lebendiger Würmer aus und schimpfte: »Durch euch erfriert mir noch der ganze Köder!«

Sein treuer Partner, der alte Aristarch Kapustin, gedachte eines Frühlings auf eigene Faust nach Fischstandorten zu forschen. Am Abend strömte der große Fluß, der in den Hellen See mündete, besonders mächtig, brach das Eis zu Schollen und drängte mit seinem trüben, futterreichen Wasser die Fische zur Mitte des Sees. Gegen Abend, fast schon bei Dunkelheit, begannen stattliche Zander zu beißen, und die Angler machten einen guten Fang. Gegen Morgen jedoch verschob sich die Grenze des Trübwassers irgendwohin, und die Fische zogen sich noch weiter zurück. Aber wohin? Der Helle See war fünfzehn Werst breit und siebzig Werst lang. Onkel Pascha zischte seinen Partner an: »Keinen Mucks! Sitz still! Hier sind sie.« Aber woher! Der Böse trieb den Alten wie eine Kollerdistel über das Eis.

Einen halben Tag lang schmollte Onkel Pascha mit Aristarch Kapustin, er stippte nach Plötzen, fing auch mal einen kräftigen Barsch, und zweimal schnappte ein großer Hecht nach dem Köderfisch und zerrte an der Angelschnur. Onkel Pascha ließ den Blinker unters Eis, neckte den Hecht und zog ihn nach oben – das hatte er davon! Da lag er, der Unterwasserräuber, und zappelte auf dem Frühlingseis, daß die Spritzer flogen. Aus seinem Rachen hingen Reste von dünnen Angelschnüren mit winzigen Blinkern, so daß das freche Maul mit blanken Metallzähnen gespickt schien. Onkel Pascha ließ das alles dran, mochte der freche Bandit sich merken, was es hieß, arme Angler zu ruinieren.

Gegen Mittag kamen aus dem offenen Tor des stillen Klosters mit den zwar baufälligen, doch unverwüstlichen Türmchen, die den Eingang mit dem bescheidenen Schild »Internatsschule« flankierten, zwei Halbwüchsige aufs Eis des Sees, zwei Brüder, Anton und Sanka, neun und zwölf Jahre alt. Sie schwänzen die letzten Stunden, dachte Onkel Pascha, aber er verurteilte die Bengels nicht, denn zu lernen hatten sie noch lange, vielleicht das ganze Leben, doch das Frühlingsangeln war eine festliche Zeit, die leicht ungenutzt verstrich. An diesem Tag erlebten die beiden Jungen mit Onkel Pascha ein großes Drama. Kaum hatten sie sich mit ihren Angeln hingesetzt, da biß bei dem einen ein großer Fisch und riß sich erst im Eisloch los. Das passierte dem Jüngeren, der bitterlich weinte. »Macht nichts, Jungchen«, tröstete ihn in gespanntem Flüstern Onkel Pascha, »den kriegen wir! Der entkommt uns nicht! Hier hast du einen Bonbon und einen Mohnkringel aus der Stadt.«

Onkel Pascha hatte alles vorausgesehen und berechnet: Gegen Mittag würde die Flußströmung noch stärker gegen das Trübwasser, wo sich Stinte und andere Fischlein von Plankton ernährten, drücken, es weiter zurückschieben und große Räuber zur Jagd locken. Die Gruppen von Anglern, die tierisch mit ihren Brecheisen krachten, mit den Stiefeln polterten und die Umgebung mit wüsten Flüchen beschallten, würden die schreckhaften, empfindlichen Fische, die solch säuische Flüche nicht ertrugen, in die »neutrale Zone« treiben, also genau hierher, wo seit dem frühen Morgen – ohne ein einziges Schimpfwort! – Onkel Pascha geduldig mit den beiden Jungen saß und auf sie wartete.

Seine strategische Berechnung ging völlig auf, seine Geduld und seine Zurückhaltung in den Ausdrücken wurden belohnt: Drei Zander, jeder ein Kilo schwer, lagen auf dem Eis und starrten mit bleigrauen Augen leidvoll in den Himmel. Die beiden größten Zander hatten sich natürlich losgerissen! Aber wenn etwas Onkel Paschas neidloses Herz erfreute, dann waren es die kleinen Angler Anton und Sanka. Sie hatten mit ihren aus Patronenhülsen genieteten Blinkern auch jeder zwei Zander erbeutet. Der Jüngere schrie, lachte, erzählte wieder und wieder, wie sie angebissen und wie sie getobt hatten. Onkel Pascha ermunterte ihn gerührt: »Siehst du! Und du wolltest weinen? Im Leben ist es immer so: Mal beißen sie, mal beißen sie nicht.«

Und dann geschah das heroische Ereignis, das nicht nur die Angler, sondern fast die ganze Bevölkerung rund um den See in Aufruhr versetzte und auch einen Teil der Stadt Wejsk erschütterte.

Onkel Pascha, vom Satan oder vom Anglerteufel geritten, ging, um nicht mit dem Brecheisen hämmern zu müssen, zu den Löchern der Jungs, die mit einem Eisbohrer gebohrt worden waren. Und kaum hatte er seinen berühmten, für Stinte bestimmten Blinker hinuntergelassen, gab es einen versuchsweisen kleinen Ruck, gefolgt von einem heftigen Schlag, so stark, daß er – wahrlich ein erfahrener Angler! – die Angel kaum halten konnte! Es schlug, zerrte hinunter in die Tiefe des Sees.

Der Riesenzander von sieben Kilo siebenundfünfzig Gramm – das wurde später mit der Genauigkeit einer Apothekerwaage festgestellt – klemmte in dem zu kleinen Eisloch fest. Onkel Pascha warf sich auf den Bauch, steckte die Hand ins Eisloch und packte den gewaltigen Fisch bei den Kiemen. »Schlagt's größer!« befahl er den beiden Jungen und ruckte mit dem Kopf zur Brechstange hin. Der Ältere sprang herzu, ergriff die Brechstange, holte aus und erstarrte: zuschlagen? Und die Hand? Da schnauzte der gestählte Frontkämpfer mit wild rollenden Augen: »Wie im Krieg!«, und da schlug der kecke Junge, der schon jetzt in Schweiß geriet, auf das Eisloch los.

Bald war das Loch von roten Blutfäden durchzogen. »Rechts! Links! Auf den Rand! Nicht die Schnur zerschlagen!« kommandierte Onkel Pascha. Das Eisloch stand voller Blut, als er den schon schlaffen Körper des Riesenfischs aus dem Wasser hob und aufs Eis warf. Und dann begann er, mit den vom Rheuma krummgezogenen Beinen trampelnd, zu tanzen und zu brüllen, doch bald kam er zur Besinnung, öffnete, mit den Zähnen klackernd, seinen Leierkasten und gab den Jungen eine Feldflasche Wodka, damit sie ihm die taubgewordene Hand einrieben, um sie zu desinfizieren.

Zwei Tage lang gab es im Hof der Gebietsverwaltung für Inneres eine Demonstration, deren Mittelpunkt Onkel Pascha mit verbundener Hand war. Er breitete die Arme aus, brüllte, sprang, sang. Leonid, der das von seinem Fenster aus mit ansah, bedauerte, keine Filmkamera zu haben, es wäre ein großartiger Streifen geworden!

Am dritten Tag schickte der Wirtschaftsleiter Onkel Pascha zur Sanitätsstelle, wo der Angler einen Krankenschein mit der Bemerkung »Alltagsunfall« bekam, also »ohne Krankengeld«. Nun, da erhoben sich sämtliche Mitarbeiter zur Verteidigung des Helden, sie riefen die Sanitätsstelle und das Gebietsgesundheitsamt an und fanden Gerechtigkeit: aus dem »Alltagsunfall« wurde ein »Kampfunfall«.

Die Handelsabteilung der Wejsker Eisenbahn wurde geschlossen abgeurteilt und eingesperrt. Tante Lina nahm Gift. Sie wurde gerettet und nach der Gerichtsverhandlung in ein Arbeits- und Besserungslager geschickt. Man hatte ihr eine kurze Haftstrafe gegeben, aber an Qual und Schmach hatte sie und mit ihr Leonid viel auszustehen. Er studierte bereits an der Gebietsschule der Verwaltung für Inneres, darauf hatte die Tante bestanden: »Da hast du kostenlose Dienstkleidung und Verpflegung, bist unter Aufsicht und machst eine Arbeit zum Schutz der Gerechtigkeit . . .« Wie ihm später klar wurde, mußte sie gespürt haben, daß es mit ihr nicht gut gehen konnte, und hatte das Kind dauerhaft versorgt sehen wollen. Aus der Gebietsschule wäre Leonid beinahe rausgeflogen. Die Büroangestellten sowie die Bewohner des Hauses Nummer sieben und der Nachbarhäuser, vor deren Augen er groß geworden war, vor allem aber der Regimentskamerad und Freund seines Vaters Kosaken-Lawrja, verwendeten sich für ihn. Kosaken-Lawrja rasierte sich, rieb sich mit Eau de Cologne ein, wienerte seine Stiefel, zog den neuen Anzug an, befestigte daran seine Ruhmesorden und zwei Reihen weiterer Orden und ging, so herausgeputzt, zum Leiter der Gebietsverwaltung für Inneres, mit dem er ein langes Gespräch hatte.

Danach spannte Kosaken-Lawrja sein treues Pferdchen an und fuhr mit Leonid »in den Torf«, Tante Lina besuchen. Sie plumpste vor dem Frontkämpfer auf die Knie; ihr Neffe, der künftige Ordnungshüter, wandte sich ab, schluckte Tränen und schwor bei sich, unbarmherzig gegen das Verbrechertum zu kämpfen, besonders gegen solche, die unschuldige Menschen vom rechten Weg abbrachten und ihnen das Schicksal und die Seele verkrüppelten.

Tante Lina kam durch eine Amnestie frei. Sie fand Arbeit in einer chemischen Reinigung, verdiente durch

Waschen etwas dazu, drückte sich nur in den Ecken herum und vermied es, tagsüber den Leuten unter die Augen zu kommen; sie sprach leise, und als sie gestorben war, kam es Leonid so vor, als ob sie sich auch im Sarg noch klein machte und vor den Menschen ihre Augen und ihre von Seife und Chemikalien zerfressenen Hände unter dem schwarzen Spitzenüberwurf verbergen wollte.

Schon vor Tante Linas Ableben hatte Leonid die Gebietsschule beendet, er arbeitete in dem entlegenen Kreis Chailowsk als Abschnittsbevollmächtigter und brachte von dort seine Frau mit. Tante Lina konnte sich noch einige Zeit daran freuen, wie er untergebracht war, und sich um seine Tochter Sweta kümmern, die sie als ihre Enkelin ansah, und als sie schon im Sterben lag, bedauerte sie nur, die Einschulung der Enkelin nicht mehr zu erleben, sie nicht fest auf die Beine gestellt und den jungen Leuten nur so wenig geholfen zu haben.

Ach, diese jungen Leute, dickköpfig und langhaarig . . .

Man müßte von der humansten aller Verfassungen einen Abstrich machen und durch einen Sondererlaß die Prügelstrafe einführen, damit die junge Frau auf einem großen Platz vor allem Volk den jungen Mann verprügeln konnte und der junge Mann die junge Frau . . .

Nach Tante Linas Tod kam die Familie Soschnin, diese kleine und noch keineswegs gefestigte Keimzelle des Staates, in die Hände einer anderen, nicht minder zuverlässigen Tante namens Granja, mit Zunamen Mesenzewa, die mit den Soschnins nicht verwandt, sondern eine Verwandte aller nahe der Eisenbahn unterdrückten und verwaisten Völker war, die der Obsorge, Teilnahme und eines Arbeitsplatzes bedurften.

Tante Granja war Weichenstellerin auf dem Ablaufberg und den anliegenden Gleisen. Das Weichenstellerhäuschen stand am hinteren Ende der Bahnstation. Hier befand sich ein längst aufgegebenes Kopfgleis mit zwei hölzernen Prellböcken, wo hohes Unkraut wucherte. Neben der Dämmböschung lagen ein paar rostige Radsätze, das Skelett eines Zweiachswaggons sowie ein irgendwann hier abgeladener Stapel Rundhölzer, die Tante Granja hütete, damit niemand sie wegholte; viele Jahre lang, bis das Holz zu faulen begann, wartete sie auf einen Verbraucher, und da sich keiner meldete, sägte sie mit dem Fuchsschwanz kurze Klötze davon ab, und die Kinder, die sich scharenweise bei dem Weichenstellerhäuschen herumtrieben, saßen auf diesen Klötzen, kullerten sie herum, bauten Lokomotiven daraus.

Tante Granja, die nie eigene Kinder gehabt hatte, besaß keinerlei ausgebildete Fähigkeiten als Erzieherin. Sie hatte die Kinder einfach lieb, zog keines vor, schlug sie nicht, schalt sie nicht, behandelte sie wie Erwachsene, erkannte ihr Gemüt und ihren Charakter und wirkte mäßigend darauf ein, ohne irgendwelche Talente oder pädagogische Feinheiten anzuwenden, wie sie die heutige Presse seit langem in lehrhaftem Ton fordert. Bei Tante Granja wuchsen einfach Männer und Frauen heran, sammelten Kräfte, Eisenbahnerfahrungen und Auffassungsgabe und lernten arbeiten. Der Winkel, wo das Weichenstellerhäuschen stand, war für viele Kinder, auch für Leonid Soschnin, sowohl Kindergarten als auch Spielplatz und Schule der Arbeit, für manch eines auch Elternhaus. Hier herrschte ein Geist der Arbeitsliebe und der Brüderlichkeit. Die künftigen Bürger des sowjetischen Staates, der das größte Streckennetz besitzt, waren noch nicht zur verantwortlichen Arbeit im Verkehrswesen befähigt, aber sie schlugen Schienennägel ein, verlegten Schwellen, schraubten auf dem Kopfgleis Muttern an und ab, gruben mit den Händen in der Dammaufschüttung. Die »Eisenbahner« schwenkten Fähnchen, pfiffen auf der Pfeife, halfen Tante Granja, den Schwinghebel der Weiche herumzuwerfen, Bremsschuhe zu den Gleisen zu schleppen und darauf zu legen, sie inventarisierten den Eisenbahnbesitz, fegten vor dem Häuschen den Boden, und im Sommer pflanzten und gossen sie Ringelblumen, roten Mohn und zählebige Margeriten. Die ganz Kleinen, die noch in die Windeln machten und zur Arbeit und strengen Eisenbahnerdisziplin noch nicht fähig waren, ließ Granja nicht zu, für sie hatte sie nicht die Voraussetzungen in ihrem Häuschen.

Tante Granjas Mann Tschitscha Mesenzew (wo dieser Name herkam, hatte Leonid nie herausgefunden) war Heizer im Kulturhaus der Eisenbahner, und er verließ seinen Heizkeller nur zur Revolutionsfeier, zu Weihnachten, zu Ostern und an dem Tag der Kreuzerhöhung im September, weil er um diese Zeit Geburtstag hatte. Tante Granja arbeitete zwölf Stunden, dann hatte sie vierundzwanzig Stunden frei, und am Wochenende standen ihr zwei freie Tage zu, da sie Eisenbahnerin und somit ein verantwortlicher Mensch war. Sie brachte ihrem Mann jeweils für einen Tag und eine Nacht das Essen und einen halben Liter Wodka in den Heizkeller.

In der Stadt Wejsk wurde eine Anekdote erzählt, die Kosaken-Lawrja in Umlauf gesetzt hatte: Danach war Tschitscha so aufs Heizen versessen, daß er Winter und Sommer verwechselte. Einmal kam, puterrot, eine Abordnung des Laienballetts hinunter in sein heißes unterirdisches Reich. »Tschitscha! Du gottverdammter Hundsfott! Welchen Monat haben wir?« – »Februar, glaub ich.« – »Nein, Juni, Ende Juni! Und du feuerst und feuerst! Uns glitschen ja die Partnerinnen aus den Händen.«

Leonid wollte wie alle Jungen in der Eisenbahnersiedlung Lokführer werden, er aß mit der Bruderschaft gebackene Kartoffeln, »scharfe Äpfel«, das heißt Zwiebeln mit Salz, und trank den billigen Himbeertee gleich aus der Tülle von Tanta Granjas kupfernem Teekessel; das gefiel ihm, und die Gewohnheit, aus der Tülle zu trinken, behielt er bei, was zu Konflikten in der Familie führte.

Eines Tages erkalteten die Heizkörper im Kulturhaus der Eisenbahner, und der Schornstein, der den Himmel und den Park für Kultur und Erholung gleich daneben zu verräuchern pflegte, zeichnete sich scharf von der weißgekalkten Rückwand des Kulturhauses ab; der hintere Teil des Gebäudes war schamlos entblößt wie eine verarbeitete knochige Frau am Kurgestade von Sotschi. Irgendwas stimmte nicht in der Umgebung, ein vertrautes Detail fehlte in der Landschaft der Stadt Wejsk. Der Qualm über dem Schornstein wurde dünner und hörte schließlich ganz auf. Tschitscha war erloschen, auf »Kampfposten« gefallen, wie die Eisenbahnerzeitung »Stalinscher Fahrbefehl« in der Kolumne »Selbstlose Werktätige« später schrieb. Aus der Notiz erfuhren die Leute, daß Tschitscha früher Roter Partisan gewesen war und einen Kriegsorden sowie eine Auszeichnungsmedaille »Bestarbeiter« besaß, die er sich im Heizkeller verdient hatte.

Nach Tschitschas Beerdigung war Tante Granja eine Zeitlang wie im Halbschlaf, sie ging langsam in schmutzigen Arbeitsschuhen, und ihre blanken schwarzen Augen, in denen die Pupillen nicht zu erkennen waren, lagen im Schatten eines dörflichen Tuchs, das sie entgegen den Eisenbahnvorschriften sogar bei der Arbeit trug. Lokführer, Rangierer, Kuppler und Schaffner achteten ihr menschliches Leid und wiesen sie nicht auf die Übertretung hin.

Aber ein Unglück kommt nie allein. Von einem den Ablaufberg herunterrollenden Plattformwagen flog ein schlecht befestigtes Rundholz und traf Tante Granja am Kopf. Wenn der versoffene Liederjan, der den Draht schlampig zusammengedreht hatte, um das Holz auf der Plattform zu befestigen, das Geschrei der Kinder im hinteren Winkel der Station Wejsk gehört, wenn er gesehen hätte, wie die Kleinen im Kindergartenalter versuchten, die blutüberströmte Frau von den Schienen zu zerren, er würde sein Leben lang um Vergebung der Sünde gebetet, seine Arbeit, wie es sich gehört, getan und auch andere dazu angehalten haben.

Als Tante Granja aus dem Krankenhaus kam, hielt sie den Kopf schräg wie ein Huhn, ihr Sehvermögen hatte nachgelassen und »sich verdoppelt«, und sie taugte nicht mehr für die Arbeit bei der Eisenbahn, insbesondere für die verantwortungsvolle Rangierarbeit.

Für die Ersparnisse ihres Mannes, der seinen Lohn niemals ausgegeben hatte, erwarb Tante Granja in der Eisenbahnersiedlung ein Häuschen mit einem Anbau im Hof. Es stand gleich hinter dem Kopfgleis, bei dem sie gearbeitet hatte, und sie hatte seit langem ein Auge darauf, denn der Stationszimmermann, dem es gehörte, träumte davon, als Goldsucher nach Magadan zu gehen.

In Tante Granjas neuem Haus wohnte bald allerlei Getier: der auf einem Gleis verstümmelte Hund Warka, die Krähe Marfa mit dem gebrochenen Flügel, der einäugige Hahn Under und die schwanzlose Katze

Ulka. Kurz vor dem Krieg hatte Tante Granja aus ihrem Heimatdorf in der Gegend von Wjatka mit der Bahn eine Färse mitgebracht und den Neffen ihrer Freundin, der unanständige Gedichtchen schrieb, und seine Freunde gebeten, für das symphathische Tier einen Namen zu finden. Der Rasselbande von der Eisenbahnersiedlung fiel nichts Gescheites ein, nur unzüchtige Spitznamen, darum bekam die Färse den Namen ihres Heimatdorfes Warakuschka, mit dem sie auch zur Kuh heranwuchs und den sie ihr glorreiches Leben lang behielt.

Im Krieg lebte Tante Granja von der Kuh. Von früh bis spät schleppte sie vom Sägewerk in einem zusammengeknoteten Stück Leinwand gelbe Sägespäne für die Kuh heran, sie sichelte das Unkraut von den Bahnböschungen und das Gras an den Ufern des Flusses Wejka. Sie hatte nirgendwo das Recht zu mähen, dennoch schaffte sie genug Heu für den Winter heran. Ihre Warakuschka gab stets reichlich Milch, sie war ein freundliches Tier, das alles verstand, man kann schon sagen, eine patriotische Kuh. Einen großen Teil des Melkertrages brachte Tante Granja in das nahe Lazarett für die Verwundeten, sie gab den Kindern Milch, die in ihrem Häuschen herumwimmelten. Sie versorgte auch die Eisenbahner, ihre Nachbarn und Evakuierten. Für das erlöste Geld kaufte sie auf Zuteilung Brot und Kleie oder Spreu vom benachbarten Kolchos, für die Tränke der Kuh. Wenn die Kälber, die Warakuschka zur Welt brachte, groß genug waren, führte sie sie an der Leine zum Lazarett. Nach dem Krieg wurde das Lazarett aufgelöst, da trug sie die Milch eine Zeitlang ins Eisenbahnerkrankenhaus. Später führte sie auch die Kuh dorthin, denn ihre Beine wollten nicht mehr, die Handgelenke waren geschwollen, ihre Kräfte ließen nach, und sie kam selber ins Eisenbahnerkrankenhaus. Kaum war sie wieder etwas bei Kräften, säuberte sie Toiletten und Korridore, flickte und bügelte die Krankenhauswäsche – und blieb als Pflegerin in der Kinderabteilung. Wann und an wen sie ihr Häuschen bei dem Kopfgleis verkauft hatte oder ob es abgerissen worden war, um die Rangierfläche der Station zu vergrößern, wußte Leonid nicht, er arbeitete damals in Chailowsk, begeisterte sich für seinen Dienst, den Sport und die Frau und hatte Tante Granja fast vergessen.

2

Eines Tages, schon nach seiner Rückkehr aus Chailowsk, tat Leonid im Auftrag der Bahnhofsmiliz Dienst hinter der Eisenbahnbrücke, wo anläßlich des Tags des Eisenbahners eine Massenfestivität stattfand. Die gemähten Heuwiesen vor der Stadt, das gelbgewordene Weidengestrüpp, die dunkelroten Faulbäume und die Sträucher, die das ausgetrocknete Flußbett der Wejka gemütlich säumten, wurden an solchen Tagen des Feierns oder, wie man hier sagte, der »Trinknicks« (das muß man verstehen – von Picknick) fürchterlich verschmutzt, die Bäume und Sträucher der näheren Umgebung in Lagerfeuern verheizt. Es kam vor, daß in der allgemeinen Hochstimmung Heuschober angezündet wurden, dann freute sich alles an den lodernden Flammen. Überall lagen Konservengläser, Lappen, Glasscherben, Papier und Einwickelfolie herum – gewohnte Bilder eines kulturellen Massenbesäufnisses im »Schoß der Natur«.

Leonid hatte bei diesem Einsatz nicht viel zu tun. Verglichen mit anderen feiernden Truppen, sagen wir mal, Bergleuten oder Metallarbeitern, führten sich die Eisenbahner, die von alters her ihren hohen Wert kannten, gemessener auf und feierten familienweise, und wenn ein Außenseiter eine Schlägerei anfangen wollte, halfen sie, ihn ruhigzustellen und vor der Miliz zu verstecken, damit er nicht im Ausnüchterungshaus landete.

Doch was war das, aus den Büschen am nahen See kam eine Frau, das Kattunkleid zerrissen, das Kopftuch im Gehen über das gemähte Grummet nachziehend, die Haare zerrauft, die Strümpfe bis auf die Knöchel gerutscht, die Leinenschuhe voller Schlamm, und die Frau selbst, die Leonid sehr, aber auch sehr bekannt vorkam, war gänzlich mit schmierigem grünen Schlamm verdreckt.

»Tante Granja!« Leonid stürzte der Frau entgegen. »Tante Granja! Was ist passiert?«

Tante Granja plumpste zu Boden, legte die Arme um Leonids Stiefel.

»Oi, diese Schande! Oi, diese Schande! Oi, was für eine Schande!«

»Aber was ist denn? Was ist los?« Leonid rüttelte Tante Granja; er konnte sich schon denken, was passiert war, wollte es aber nicht glauben.

Tante Granja setzte sich aufs Grummet, sah sich um, raffte das Kleid über der Brust zusammen, zog einen Strumpf zum Knie hoch, blickte zur Seite und brachte schon ohne Heulen, mit uralter Bereitschaft zum Leiden, ausdruckslos hervor: »Weißt du . . . sie haben mich vergewaltigt . . . einfach so . . .«

»Wer? Wo?« fragte Leonid fassungslos, flüsternd, seine Stimme brach, versagte. »Wer? Wo?« Er wankte, stöhnte, rannte los, lief zu den Büschen, knöpfte im Laufen die Pistolentasche auf. »Die erschieß ich!«

Sein Patrouillenkamerad holte ihn ein, entwand ihm mühsam die Waffe, die Leonid mit seinen flatternden Fingern nicht zu spannen vermochte.

»Was machst du? Was maaachst du?«

Vier junge Kerle lagen schlafend kreuz und quer durcheinander im matschigen Schlamm des zugewucherten Flußbettes inmitten von zerbrochenen und zertrampelten Johannisbeersträuchern, an denen die im Schatten noch nicht abgefallenen reifen Beeren schwarz glänzten wie Tante Granjas Augen. Da lag, in den Schlamm getrampelt, das blauumhäkelte Taschentuch von Tante Granja – sie und Tante Lina pflegten seit ihrer Jugend auf dem Lande Taschentücher mit immer der gleichen blauen Borte zu umhäkeln.

Die vier Kerle konnten sich später nicht erinnern, wo sie gewesen waren, mit wem sie getrunken, was sie getan hatten. Alle vier heulten lauthals bei der Untersuchung, baten um Verzeihung und schluchzten, als die Richterin Beketowa vom Eisenbahnbezirk – eine gerechte Frau, die gegen Schänder und Räuber besonders streng war, weil sie während ihrer Besetzung in Belorußland schon als Kind viel hatte mit ansehen und erleiden müssen von den Gelagen der fremden Schänder und Räuber – den vier Lüstlingen je acht Jahre Lager mit strengem Regime aufbrummte.

Nach der Gerichtsverhandlung verschwand Tante Granja, denn sie schämte sich wohl, auf die Straße zu gehen.

Leonid fand sie im Krankenhaus.

Sie bewohnte ein Wächterkämmerchen. Es war hell und gemütlich wie das unvergeßliche Weichenstellerhäuschen. Geschirr, Teekanne, Gardinen, am Fenster eine Balsamine und eine Geranie im letzten Rot. Tante

Granja bat Leonid nicht an den Tisch, der eigentlich ein großer Nachttisch war, sie saß mit eingekniffenen Lippen da und blickte zu Boden, bleich, mit eingefallenem Gesicht, die Hände zwischen den Knien.

»Schlecht haben wir gehandelt, Leonid, wir beide«, sagte sie endlich und blickte mit ganz unangebracht hell leuchtenden Augen zu ihm auf, und er straffte sich, vereiste, denn bei seinem vollen Vornamen redete sie ihn nur in Momenten strenger und nichtverzeihender Entfremdung an, sonst war er sein Leben lang für sie nur Lenja.

»Wieso schlecht?«

»Vier junge Leben haben wir verderbt . . . Eine so lange Lagerzeit überstehen die nicht. Und wenn sie sie überstehen, sind sie alte Männer mit grauen Haaren. Dabei haben zwei von ihnen Kinder, Genka und Waska. Der Genka ist erst nach der Verhandlung Vater geworden.«

»Tante Granja! Tante Graaanja! Sie haben dir Gewalt angetan . . . Schande gebracht über dein graues Haar . . .«

»Na und? Hab ich Schaden? Nu, geheult hab ich . . . Natürlich kränkt es einen. Und kann ich mich abfinden? Tschitscha hat mich so manches Mal im Heizkeller umgelegt. Entschuldige schon, daß ich von so was red. Du bist schon groß. Du dienst als Milizionär, da hast du bestimmt jede Menge Schmach geschluckt und geschnuppert . . . Tschitscha, wenn ich den nicht raufgelassen hab, hat er Sport getrieben. Hat sich die Schaufel gegriffen und mich im Heizkeller rumgescheucht . . . Diese Lumpen . . . dreckig gemacht haben sie mich, im Schlamm gewälzt . . . ich hab mich müssen waschen . . .«

Von nun an mieden, fürchteten sie einander. Aber

wie soll man sich in einem Kaff wie Wejsk aus dem Wege gehen? Hier läuft das Leben in einem engen Kreis. Schon lange bevor sie einander sahen, empfanden sie die Unvermeidlichkeit der Begegnung. Leonid fühlte innerlich einen Riß, in ihm rollte alles zu einem Haufen zusammen und blieb unter der Brust auf knappem Raum liegen, er zerfloß schon aus der Ferne in einem Lächeln, spürte, wie läppisch und unangebracht es war, hatte aber nicht die Kraft, seinen Mund zu beherrschen, das Lächeln wegzuwischen, den Mund zu schließen – das Lächeln war eine Schutzmaske, ein Rechtfertigungsdokument, auf sein Gesicht geklebt wie das Inventarsiegel auf das Hinterteil einer fiskalischen Unterhose. Wenn Tante Granja seinem Blick begegnete, senkte sie die Augen und schob sich seitlich, seitlich an ihm vorbei, auf dem Kopf eine alte graue Eisenbahnerbaskenmütze mit der noch nicht verblaßten Spur von Schlüssel und Hammer, in einem alten Eisenbahnermantel und abgetretenen Schuhen. Leonid konnte sich denken, daß Tante Granja das ganze Zeug von ihren Freundinnen zum Auftragen bekam, wenn sie aus dem Krankenhaus fortgingen, dahin, wo keine Dienstkleidung benötigt wurde und wo noch keine Gleise hinführten.

»Guten Morgen!« warf Tante Granja hin, gleichviel ob es Morgen, Tag oder Abend war.

Leonid hatte das Gefühl, daß Tante Granja, wäre nicht ihre natürliche Höflichkeit, ihn überhaupt nicht grüßen würde. Und jedesmal stand er da, niedergeschmettert wie ein bis an den Kopf in den Gehsteig geschlagener Nagel, mit dem Gummilächeln im Gesicht, er wollte – und konnte es nicht – Tante Granja hinterherlaufen und schreien, schreien, daß alle es hörten: »Tante Granja! Vergib mir! Vergib uns!«

»Schön guten Morgen! Bleib schön gesund!« stieß er statt dessen scherzhaft hervor, im Stil der Estradenkünstler Tarapunka und Schtepsel, und er haßte in diesen Momenten sich und die beiden unermüdlichen ukrainischen Ulkmacher, sämtliche Estradenschwätzer, jeden Humor, jede Satire, die Literatur, die Wörter, den Dienst, die weite Welt und alles auf der Welt.

Er wußte, daß er unter anderen nicht faßbaren Dingen und Erscheinungen einen kaum zugänglichen, von keinem Menschen je gänzlich begriffenen noch erklärten Gegenstand erst verstehen mußte, nämlich den sogenannten russischen Charakter oder, um es literarischer und erhabener zu sagen, die russische Seele. Damit anfangen mußte er bei seinen allernächsten Mitmenschen, von denen er sich aus verschiedenen Gründen unbemerkt entfernt und die er verloren hatte: Tante Lina und Tante Granja, die eigene Frau und Tochter, die Freunde vom Studium, die Schulkameraden . . . In erster Linie würde er das für sich selbst klären, beweisen und auf weißem Papier sichtbar machen müssen; darauf war alles zu sehen wie in klarem Quellwasser, und in dieser Klarheit würde er sich entblößen müssen bis auf die Haut, bis auf die plumpen Hüftknochen, bis auf die unschönen geheimen Stellen, und sein kleiner Verstand würde sich durchkratzen müssen bis zum Unterbewußtsein, welches, wie ihm dämmerte, das literarische Schaffen bewegte, sein wichtigstes Geheimnis war. Aber wie schwer war das! Und wieviel Mut und Kraft brauchte es, um ständig, lebenslang, ohne Pause, ohne Urlaub, bis zum letzten Atemzug »zu denken und zu leiden«! Vielleicht würde er schließlich wenigstens sich selbst erklären können: Warum sind die russischen Menschen seit jeher mitleidig gegenüber Häftlingen und oft genug gleichgültig gegenüber sich selbst und dem Nachbarn, einem Invaliden des Krieges oder der Arbeit? Manchmal sind sie bereit, ihr letztes Stück Brot einem verurteilten Knochenbrecher und Messerstecher zu geben, der Miliz einen bösartigen, eben noch gewalttätigen Rowdy, dem die Arme nach hinten gedreht werden, zu entreißen, einen Mitmieter aber zu hassen, weil er es immer wieder vergißt, im Klo das Licht auszumachen, und im Kampf um die Stromrechnung einen Grad von Feindschaft zu erreichen, daß sie es fertigbringen, ihm, wenn er krank ist, einen Schluck Wasser zu verweigern und an seiner Tür vorbeizugehen.

Frei, zwanglos, bequem lebt der Verbrecher in einem derart gutherzigen Volk, und das war in Rußland schon immer so.

Ein wackerer junger Mann, zweiundzwanzig Jahre alt, hatte im »Café der Jugend« getrunken, ging auf der Straße spazieren und erstach im Vorbeigehen drei Menschen. Leonid, der an diesem Tag Streifenwache im Zentralbezirk hatte, stieß auf die heiße Spur des Mörders, jagte ihm im Dienstwagen hinterher, trieb den Fahrer zur Eile. Aber der jugendliche Schlächter wollte gar nicht weglaufen und sich verstecken, er stand seelenruhig vor dem Kino »Oktober« und lutschte Eis, erfrischte sich nach der »heißen« Arbeit. Die Sportjacke von der Farbe eines Kanarienvogels oder eher eines Papageis hatte rote Streifen auf der Brust. Blut! dachte Leonid. Er hat sich die Hand an der Jacke abgewischt, als er das Messer hinter dem Reißverschluß versteckte. Die Leute wichen vor ihm zurück, machten einen Bogen um den mit Menschenblut verschmierten Kerl. Mit verächtlichem Grinsen verzehrte er sein Eis, erholte sich kultiviert, der Becher ging zur Neige, das Holzlöffelchen kratzte die Süßigkeit aus, und wenn es ihm in den

Sinn kam, würde er – ausgesucht oder wahllos – noch einen Menschen erstechen.

Mit dem Rücken zur Straße saßen auf dem gestrichenen Eisengeländer seine beiden Kumpane und aßen ebenfalls Eis. Die beiden Leckermäuler unterhielten sich lebhaft, lachten laut, pöbelten Passanten an, griffen nach den Mädchen, und die hüpfenden Jackenfalten auf dem Rücken und die wackelnden Pompons ihrer Sportmützchen zeigten, wie sorglos sie gestimmt waren. Der Schlächter hatte nichts zu verlieren, ihn mußte Leonid sofort mit tödlichem Griff packen und so zu Boden werfen, daß der im Fallen mit dem Hinterkopf gegen die Wand knallte, denn wenn er inmitten der vielen Passanten zauderte, würden der oder seine Kumpane ihm ein Messer in den Rücken stoßen. Leonid sprang aus dem fahrenden Wagen, schwang sich über das Geländer und schmetterte den Schlächter gegen die Wand, der Fahrer packte die beiden lustigen Burschen am Kragen, kippte sie rücklings vom Geländer und drückte sie in die Gosse. Und da kam auch schon Hilfe – Miliz schleppte die Banditen dahin, wo sie hingehörten. Die Umstehenden murrten, drängten näher, bildeten einen Auflauf, umringten die Streife, beschimpften sie lauthals, wollten die »armen Jungen« in Schutz nehmen. »Was machen die? Was machen die Lumpen?« rief ein bis auf die Knochen durchgefrorener Invalide in viel zu weitem Jackett und klopfte hilflos mit dem Krückstock auf den Gehsteig. »Verdammte Bullen! Das nennt sich Miliz! So beschützt sie uns!« – »Und das am hellichten Tag, mitten unter den Leuten! Wehe dem, der bei denen landet.« – »Solch ein hübscher Junge! So lockig! Und dieses Vieh schlägt ihm den Kopf gegen die Wand.«

Leonid steckte das weg, aber der erschütterte Fahrer, der noch nicht lange bei der Miliz war, konnte sich nicht beherrschen: »Wärt ihr mal an diesen lockigen Jungen geraten! Der hätte euch die Zunge verkürzt und auch das Leben.«

Auf dem Revier war ein ehemaliger Kommandeur der Marineinfanterie, der längst den verdienten Ruhestand genoß und nur noch etwas zu seiner Rente dazuverdiente, eben dabei, ein Telefon zu reparieren. Er hatte mit dem Messer mehr Faschisten erledigt, als sein Großvater, ein Küstenfischer, Fische harpuniert hatte.

»Warum hast du die Menschen getötet, du Schlangenbrut?« fragte er mit müder Stimme den Schlächter.

»Ihre Visagen haben mir nicht gefallen!« antwortete der und griente unbekümmert.

Da konnte sich der alte Haudegen nicht mehr beherrschen, er packte den Mörder an der Kehle und warf ihn zu Boden. Nur mit Mühe entriß man ihm den wackeren jungen Mann, und der heulte los, daß es durchs ganze Viertel schallte: »Tut weeeh! Das darfst du nicht! Auaaa! Laß mich looos!« Dann guckte er unschuldig den Untersuchungsführer an. »Werd ich etwa erschossen? Todesstrafe? Das hab ich nicht gewollt.«

3

Aber Schluß damit, Schluß! Für heute reicht's! Leonid verscheuchte die aufdringlichen düsteren Erinnerungen, die ihn bei solchem Mistwetter immer heimsuchten. Im Vorgefühl der häuslichen Wärme krümmte er sich fröstelnd, ruckte mit den Schultern, wie um die Nässe und den Staub seiner Gedanken abzuschütteln, strich sich mit der Hand übers Gesicht und beschleunigte den Schritt. Er hatte in seiner Wohnung Dampfheizung, aber aus prähistorischen Zeiten war der Herd stehengeblieben. Solch ein Kochherd ist ein gutes, wohltuendes Gemäuer. Leonid heizte ihn mit Holz, das ihm Kosaken-Lawrja aus alter Freundschaft zur Herbstzeit beim Holzschuppen vom Wagen warf. Jetzt heizen wir schön ein, kochen uns ein Süppchen, machen uns kräftigen Tee, und dann können sie uns gern haben, dieses Scheißleben, das Mistwetter und der verdammte Schmerz in der Schulter. Das Leben ist doch gar nicht so übel. Mal beißen sie, mal beißen sie nicht . . . Leonid schmunzelte, als er wieder Onkel Pascha mit dem Besen auf dem Hof und Kosaken-Lawrjas würdevoll heimwärts trottendes Pferdchen vor sich sah, er pfiff sogar eine Melodie aus der Krimiserie »Fachleute führen die Untersuchung« vor sich hin und trällerte den ausdruckslosen Text des nicht nur bei der Miliz, sondern auch bei der Zivilbevölkerung populären Liedes: »Wenn irgendwer, irgendwo, irgendwarum, irgendwen . . .«, und dies schien eine Gesellschaft von drei Mann zu reizen, die es sich in Leonids Haus unter der Treppe bequem gemacht hatte, um Schnaps zu trinken; die Flasche stand auf dem Heizkörper. Warum die bloß immer zu dritt saufen? Wie ist die Aktivität dieser Zahl zu erklären?

Aus den neuen Häusern und von der Bahnstation pflegten sich in diesem heimeligen Winkel unter der morschen Treppe des guten alten Hauses Nummer sieben Leute einzufinden, die gern hier plauderten. Sie schweinigelten alles voll, kotzten, prügelten sich, manche schliefen auch, an den rostigen Heizkörper gelehnt, aus dem leise Dampf entwich, wovon das Fensterbrett und der Fußboden unter dem Heizkörper angefault waren. Einen der drei kannte Leonid, es war ein ehemaliger Fußballspieler der Mannschaft »Lokomotive«, der zuerst im Ort, dann in der Hauptstadt gespielt hatte. Nach einer vernichtenden Niederlage der Moskauer

»Lokomotive« war er in die erste Liga zurückgefallen und heimgekehrt, um seine Sportlerkarriere in der Vaterstadt zu beenden. Die Nachbarn, allen voran Oma Hoppehopp, jammerten Leonid die Ohren voll: »Schaff Ordnung unter der Treppe. Verjag die Säufer. Das ist ja nicht auszuhalten.«

Aber er hatte es seit seiner Dienstzeit gründlich satt, sich mit allem möglichen Gesindel abzugeben, er war es müde und hatte keine Lust, verrückt zu spielen, einen Messerstich einzufangen oder in eine Schlägerei zu geraten, das hatte er allzuoft erlebt. Dennoch würde er die Saufsäcke vertreiben müssen, die Leute verlangten es. Aber für heute habe ich genug Eindrücke gesammelt, beschloß Leonid, und rechtzeitig fielen ihm auch die Worte des Gefängnisfriseurs ein, den er kannte: »Sämtliche Banditen kannst du doch nicht beseitigen.« Als er das lädierte Bein hob und die freie Hand auf das Geländer legte, um, wie von klein auf trainiert, rasch hinaufzuspringen, hörte er es unter der Treppe rufen: »He, Zwitscherling! Magomajew! Gegrüßt wird nicht?« Ich sehe nichts, ich höre nichts, redete er sich ein und stieg, das Bein nachziehend, weiter, höher, zu seiner Wohnung, in seinen schützenden Winkel. Aber kaum hatte er ein paar Schritte gemacht, da hörte er, daß er verfolgt wurde, denn die alten Stufen seines Hauses konnte er an ihrer Stimme erkennen wie ein Klaviervirtuose die Tasten seines kostbaren Konzertflügels

Die Stufen klangen zielstrebig und verärgert, das hörte er mit den Ohren und spürte er mit dem Rücken, und der Rücken eines wirklichen Milizionärs muß, wie der eines Waisenhauszöglings, sehr empfindlich sein und »Augen« haben.

Ein junger Mann überholte ihn und vertrat ihm den Weg. Er hatte eine üppige pechschwarze Mähne und trug einen offenen Halbpelz mit Huzulenornamenten am Saum, an den Kanten und auf den Revers.

»Ich hab dich was gefragt, Sportsfreund: Gegrüßt wird nicht?«

Der Kavalier mit dem Halbpelz und den rötlich geäderten welken Augen – Herbstbeeren, die aus Sonnenmangel schon unreif schimmelten – wälzte den Kaugummi im Mund herum und stützte sich mit dem Ellbogen aufs Geländer. Die Treppe im Hause Nummer sieben war nicht für eine Osterprozession eingerichtet, sondern für kleine Menschen mit wenig Fett. Als sie Tante Lina zu Grabe trugen, mußten sie den offenen Sarg so hoch über das von Taschenmessern zerkerbte Geländer heben, daß die Tote beinahe mit ihrer spitzen Nase an der durchgebogenen Deckenverkleidung entlangschabte. Leonid verzog das Gesicht vor Schmerz im Bein und vor der herzzerreißenden Vision, die ihn in einem so unpassenden Moment heimsuchte.

»Guten Tag, guten Tag, ihr tapferen Adler!« sagte Leonid friedfertig und fast ein wenig schmeichelnd, dabei wußte er aus seiner Praxis, daß man mit aggressiv gestimmten Gästen in diesem Ton nicht reden durfte. Aber sein Bein war so müde und tat so weh, und wollte so gern in seine Wohnung, allein bleiben, essen, sich hinlegen, nachdenken, vielleicht ließ der Schmerz in der Schulter dann nach, und die Seele hörte auf zu winseln . . .

»Was heißt hier Adler?« Der Mann starrte ihn finster an und spuckte den Kaugummi unter die Treppe. »Was soll die Grobheit?« Er schlug den modischen Halbpelz auseinander, um breiter, drohender zu wirken.

Wo mag er diesen Fummel aufgegabelt haben? Ist das nicht ein Frauenmantel? Bestimmt teuer, dachte Leonid, um sich abzulenken und nicht in Wut zu geraten.

»Sofort entschuldigst du dich, du Vieh!« rief der Fußballer und trat unter der Treppe hervor. »Was ist das für ein Benehmen! Leute einfach übersehen!«

Hinter dem Fußballer stand mit einem huschenden Lächeln ein Mann, vielleicht auch kein Mann, ein Halbstarker, vielleicht auch kein Halbstarker, dem Gesicht nach ein Greis, der Figur nach ein ganz junger Kerl. Von der Mutter nicht zu Ende ausgetragen, vom Leben, vom Kindergarten und von der Schule ungenügend entwickelt, aber schon verdorben, mit einem hellblauen fipsigen Schal um den Hals und selber irgendwie bläulich, blutleer, äußerlich dem Schlächter, an den Leonid eben gedacht hatte, ganz unähnlich und dennoch irgendwie ungreifbar an diesen Mörder erinnernd, sei es durch den Fischmund, sei es durch das Gefühl seiner gedankenlosen und darum besonders furchtbaren rachsüchtigen Macht. An seinem bläulichen Gesicht und dem bläulich rasierten Kopf erkannte Leonid, daß der Kerl frisch aus einem Straflager mit strengem Regime kam. Er war erst seit kurzem in Freiheit, hatte lange nicht getrunken und wurde schneller und stärker besoffen als seine Kumpane. Der aus einer Baracke stammende, als Kind schlecht genährte, schwächliche, doch nach seinem gefälteten breiten Fischmaul zu urteilen hochgradige Psychopath hatte ein Messer bei sich. Unablässig in einem blutleeren, fischigen Lächeln zerfließend, schob er unwillkürlich eine Hand in die Jakkentasche, die andere fingerte nervös, im Vorgefühl des Blutes, an dem Schal. Er war der Gefährlichste von den drei hemmungslosen Säufern.

Ruhig! sagte Leonid zu sich. Ruhig! Die Sache riecht brenzlig.

»Na, von mir aus, entschuldigt, Leute, wenn ich euch verärgert hab.«

»Was heißt, von mir aus!« Der Kavalier mit den Koteletten und dem huzulisch gemusterten Weiberpelz erinnerte Leonid mit seinem üppigen Haarwuchs und seinem herrischen Grinsen an einen mit guter Kost, vom Publikum und von den Tänzerinnen verwöhnten Sänger aus einem modischen Varieté. Die geistig und sexuell überentwickelten Hupfdohlen in diesem »Varieté« schwangen dort im letzten Stadium des Ausgezogenseins ihre Keulen in Strumpfhosen, doch auch die hemmten noch ihre künstlerischen Möglichkeiten, und ohne unsere sittenstrengen Bestimmungen würden sie auch die noch abgelegt und ihre langen Elchbeine noch höher geschleudert haben, während sie den patriotischen Tanz mit der Bezeichnung »Unser Geschenk an die BAM« ausführten. Im Takt zu ihren Körperverrenkungen jaulte der Sänger in »männlichem« Baß schmachtend: »Du bist meine Me-he-he-lo-diiie . . .«

Der von Kopf bis Fuß wie ein vergötterter Solist inmitten von Plattköpfen aufgemachte Kavalier dürstete nach starken Empfindungen, alles übrige für sein Vergnügen hatte er schon. Hinter der flotten Haartracht steckte ein beleidigendes Plagiat des heldenhaften Husaren und Dichters Dawydow, in dem modischen Halbpelz mit den schmuddligen Ornamenten, in der gleichsam absichtlich zerknautschten Kordhose mit dem herausfordernd blinkenden Zinkknopf über dem Bauchnabel, in dem speckigen Mohairschal, in dem schmutzigroten Rollkragenpulli, der den an verwitterte Birkenrinde erinnernden Hals umschloß, in allem, in allem war nicht, wie der Dichter sagte, allzufrühe Müdigkeit, nein, das Ganze wirkte schäbig, ungewaschen. »Mit dem vernachlässigten Gesicht fängt alles an«, hatte der Chef der Chailowsker Aufklärer, Alexej Achljutin, gesagt, ein herzensguter Mensch, von dem niemand wußte, wann, wie und warum er zur Miliz gekommen war.

»Entschuldige dich, wie es sich gehört: kurz, exakt, deutlich!«

Soll ich ihm diese exotische Visage zerknautschen? überlegte Leonid. Im Netz hab ich eine Flasche Milch und ein Glas Kompott . . . Aug um Auge, Zahn um Zahn, Gemeinheit um Gemeinheit, ja? Ja! Ja! Aber so werden wir's weit bringen! Wär auch schade um die Milch, wegen eines solchen Dreckskerls . . . Auch um das Hühnchen wär's schade, das ärmste hat nie die Freiheit gesehen, sein künstlich ausgebrütetes Körperchen ist nicht zu sinnlichem Leben gediehen – und nun soll ich das unschuldige Vögelchen noch gegen diese verderbte Fresse hauen?

Es gelang Leonid, sich abzulenken, er unterdrückte das beginnende Zittern und stand in einer halben Drehung da, um mitzukriegen, wenn der Mann sich auf ihn stürzte, und auch die Kerle unten im Auge zu behalten. Er wartete, wie es weiterging. Mehr als die anderen beschäftigte ihn der Fußballer: Erstens war der über dreißig und konnte nun langsam ein Mann werden, zweitens mußte er ihn, Leonid, kennen. Aber der hatte wohl noch nie ein gutes Gedächtnis gehabt, außerdem hatte er sich anläßlich seiner Rückkehr in die Heimatmannschaft dem Suff ergeben und würde wohl sein eigenes Mütterlein nicht wiedererkennen, überdies hatte er Leonid in Uniform gesehen, und eine Milizuniform verändert den Menschen und die Einstellung zu ihm beträchtlich.

Nur eine kurze Verwirrung trübte den wutprallen Blick des Fußballers, der es der Menscheit nicht verzeihen konnte, daß »Lokomotive« in die erste Liga zurückgefallen war, nach Tscherkisowo am Stadtrand von

Moskau, wo sich trotz des gemütlichen kleinen Stadions allenfalls zweihundert bis tausend Fußballfans einzufinden pflegten, die sich, jeder mit seiner Trinkflasche, auf den geräumigen Tribünen verloren; wo sollten da Fettaugen und Prämien, Ruhm und Ansehen herkommen? Außerdem war Verteidiger beim Fußball ein undankbares Gewerbe. Er wäre lieber Stopper gewesen, den die Sprachschöpfer in den Straflagern Axt, Beil, Schläger, Treter, am besten aber Hacker nannten, der Mann, der die ehrlichen, mutigen Jungs, die Stürmer, nicht zum Tor durchließ, ihnen mit dem Fußballstiefel in die Knochen trat, ihnen Hose und Hemd wegriß, sie zu Boden warf und bei dem Geheul des gefällten »Gegners« grimmiges Vergnügen empfand.

»Jaja!« drängte ihn der Hacker und warf einen schrägen, schweren Blick auf den »Gegner«. »Geh nicht ins Abseits! Sonst kriegst du ein Tor in die Schnauze!«

»Vielleicht hängen wir ihn an diesem modernen Schlips auf?« fragte der Kavalier seine Saufkumpane und hakte mit dem Finger angewidert Leonids Schlips zwischen den zerknauschten Revers seines abgetragenen Uniformregenmantels heraus. Vor dem Hintergrund der wackligen Treppe, vor den zerkratzten grauen Kalkwänden des Hauses mit dem bloßgelegten Lattenwerk und den eingeschlagenen Nägeln wirkten der Schlips und sein Besitzer so absurd, wie hier in dieser werktätigen Behausung ein goldener Kandelaber aus dem luxuriösen Petrodworez gewirkt haben würde.

»Vielleicht lieber nicht, Leute?« sagte Leonid mit noch immer zurückhaltender, sogar ein wenig bittender Stimme und stopfte den glänzenden Schlips mit Fingern, die zu zittern begannen, zurück unter den Mantel.

»Was lieber nicht?«

»Solche Töne spucken.« Leonid sah, wie rechts von

der Treppe eine Tür, mit den heraushängenden Zotten der Polsterung Schmutz, Staub und Kippen fegend, aufging und die runde Nase und ein blankes rundes Auge von Oma Hoppehopp herausschauten. Leonid sah sie wild an, und die Oma schloß eilig die Tür.

»Was hast du gesagt? Was hast du gesagt?« Der Hacker, in gerechtem Zorn lodernd, kam die Treppe herauf. »Milchbart! Abseits! Ich werd dir . . .«

Der kürzliche Lagerhäftling schwamm noch immer im Lächeln, aber er war schon enthemmt, vom Zügel gelassen, er schüttelte bedauernd den Kopf. »Bist selber schuld. Was hätt's dir ausgemacht, dich zu entschuldigen?« Mit einer Hand griff er sich am Geländer hoch, dem Fußballer hinterher und von ihm fast verdeckt, die andere tastete nach dem Reißverschluß auf der Brust, um das Messer zu ziehen.

Woher haben die das? Woher bloß? Sie stammen doch alle drei aus unserer Siedlung, aus Arbeiterfamilien. Alle drei sind in den Kindergarten gegangen und haben gesungen: »Mit dem blauen Flüßchen beginnt der große Fluß, und ein liebes Lächeln ist ein Freundschaftsgruß . . .« In der Schule: »Glücklich möchten alle sein, glücklich ist man nie allein . . .« In der Berufsschule oder im Institut: »Ein Freund hat immer Platz für dich im Boot . . .« Drei auf einen, und das in einer guten, alten russischen Stadt, die niemals Krieg und Überfälle erlebt hat . . .

»Halt, Jungs!« schnauzte Leonid herrisch. Oma Hoppehopp steckte wieder den Kopf heraus, und wieder sah er sie drohend an. Der für Gefahren empfindliche Ganove fuhr herum, sah aber nichts Bedrohliches, die Oma hatte die Tür wieder geschlossen. Leonid hatte den Moment dazu benutzt, sein Netz ans

Geländer zu hängen, und stand so, daß er die Angreifer oben und unten sehen konnte.

»Ihr seid mir Helden! Drei auf einen! Noch dazu auf einen Lahmen! Recken wie in der Legende! Solche wie Ilja Muromez, Mikula Seljaninowitsch und Aljoscha Popowitsch . . . Ich will euch Gelegenheit geben, eure Kräfte wie richtige Recken zu verausgaben.«

»So, und wie?«

»Bei der Arbeit.«

»Was für Arbeit?«

»Straßefegen, Erdarbeiten . . .«

»Du wagst zu spotten, du Hund!« brüllte der Kavalier und stürzte sich von oben wie ein zottiges Tier auf sein Opfer. Leonid beugte sich leicht nach vorn und warf den Mann so über sich hinweg, daß der möglichst seine Saufkumpane die Treppe mit hinunterriß, aber er stieß nur den von Geburt an rachitischen Ganoven um. Der Fußballer blieb stehen, doch er war wie betäubt. Leonid, um den Säufern keine Zeit zur Besinnung zu lassen, war mit einem Satz an dem Fußballer vorbei, schmetterte mit zwei Schlägen den Kavalier auf den dreckigen Fußboden und schleuderte den Ganoven gegen den Heizkörper, er konnte sich nicht mehr beherrschen – Mixturen, Spritzen, Antibiotika, sonstige Idiotika, zermürbende Dienststunden, Verfolgungsjagden, Zusammenstöße und die nächtliche Literaturproduktion wirkten sich aus, das infundierte fremde Blut wirkte sich aus. Und diese Syrokwassowa . . .

Unterdrückt krächzend stieß er mit den Fäusten den Fußballer unter die Treppe, scheuerte ihn die Wand entlang.

»Helft eurem Freund, ihr Lumpen! Wollt ihr ihm nicht helfen?«

»Was für ein Freund? Wieso Freund?« fragte, sich

hinter dem Ganoven versteckend, der Kavalier, dann fiel ihm etwas ein, er versetzte dem Ganoven einen Stoß in den Rücken und blökte wie ein Hammel: »Gecha, das Messer! Mach ihn alle!«

Gecha griff gehorsam in die Jacke, aber Leonid wartete nicht, bis der das Messer zog, er setzte ihm einen kurzen Geraden auf das Sonnengeflecht, der ihm den Atem nahm, und als der Ganove sich ächzend bückte, traf er ihn mit einem Haken, der ihn gegen das vollgespuckte trübe Fenster warf. Der Ganove knallte mit dem Kopf gegen den Heizkörper, piepste wie ein bunter Festtagsluftballon, aus dem die Luft entweicht, und sank, auch wie ein Luftballon, in sich zusammen, schrumpfte, rollte sich zu einem blauen Klümpchen auf dem Fußboden.

Der Fußballer leistete keinerlei Widerstand. Ihn zu schlagen war ohne Interesse, aber Leonid war so rasend, daß er nicht mehr innehalten konnte und den sich verstellenden oder wirklich angeschlagenen Fußballer gegen den Heizkörper warf, so daß der auf den Ganoven sank, dabei rollte er wild mit den Augen und brüllte etwas. Der Kavalier sackte zusammen, breitete die Arme aus, saß glotzend auf dem Fußboden, drückte sich in die Ecke, in das Holz, in die mit dreckigem zottigem Werg verstopften Fugen.

»Ich tu's nie wieder . . . ich tu's nie wieder . . . Onkelchen? Ooonkelchen!« winselte der Kavalier und hielt den Ärmel des in der Achselhöhle geplatzten Halbpelzes vors Gesicht. Das fliederblaue Schaffell kam zum Vorschein, das diese Farbe vom langen Tragen oder aus Modegründen hatte, und dieses Fell, das einem Spielzeugteddy abgezogen schien, brachte Leonid plötzlich zur Besinnung. Er holte einmal, zweimal tief Luft, blickte verwundert auf den jungen Mann, dem blutiger

Sabber aus dem Mund troff, holte ihn aus der Ecke wie ein Mäuslein aus der Falle, zerrte ihn beim Kragen seines Pelzes zum Ausgang und stieß ihn mit einem Fußtritt die durchgetretene hölzerne Vortreppe hinunter.

»Laß dich hier nie wieder blicken, du Dreck!«

Noch lange stand Leonid an der Treppe und wußte nicht, wohin mit sich und was tun. Oma Hoppehopp linste wieder durch den Türspalt.

»Das war längst fällig! Immerzu kommen die . . .«

»Du hast mir gerade noch gefehlt!«

Schwäche, schwarz vor Augen – er war noch immer krank und schlapp. Die Nerven. All die Aufregungen, die Unordnung im persönlichen Leben, und dann wird man noch von diesen Mistkerlen angegriffen . . .

Leonid dachte an sein Netz und stieg die Treppe hinauf. Es hing an seinem Platz. Er beugte sich übers Geländer und blickte hinab. Unter dem Heizkörper war ein schwarzer Fleck, vielleicht eine Wasserlache, vielleicht auch Blut, dort blinkte etwas – das Messer. Er stieg hinunter und hob das als Dolch zurechtgemachte stumpfe Hackmesser auf, mit dem die Großmuttter oder ein anderer älterer Verwandter des Ganoven Späne gespalten oder Draht durchgehauen haben mochte – ein richtiges Finnenmesser hatte der Ganove noch nicht zurechtschleifen oder schwarz kaufen können.

In seine Wohnung zurückgekehrt, fand er eine Beschäftigung – er rief die Eisenbahnmiliz an. Dienst hatte Fedja Lebeda, sein Mitstudent von der Gebietsschule und Arbeitskollege, ehemaliger Arbeitskollege.

»Fedja, ich hab hier 'ne Schlägerei gehabt. Den einen Helden hab ich mit dem Schädel gegen den Heizkörper geknallt. Damit ihr nicht suchen müßt, wenn was ist. Der Übeltäter bin ich.«

»Du bist verrückt!«

»Das mußte sein, Fedja.«

»Mußte sein . . . mußte sein . . . Natürlich! Aber wegen der Scheißkerle wirst du überall antanzen müssen.«

Leonid hängte den Hörer auf. Betrachtete seine Hände. Sie zitterten noch. Die Knöchel waren aufgeschlagen. Er hielt sie unter den Wasserhahn und döste fast ein über dem Ausguß. Ein Gefühl müder, endloser Schwermut wälzte sich auf ihn – wie immer seit seiner Kindheit, wenn eine Ungerechtigkeit ihn quälte oder wenn er einen Wutanfall oder eine seelische Erschütterung erlebte – nicht Schmerz, nicht Empörung, sondern eine durchdringende, alles niederdrückende Schwermut bemächtigte sich seiner. Er war seiner Natur nach eigentlich ein unentschlossener Mensch, überdies von Weibern großgezogen, und hätte nie bei der Miliz arbeiten, sondern wie die Mutter und die Tante im Büro sitzen, Quittungen abheften und Frachtpapiere ausfertigen sollen, und wenn es schon die Miliz sein mußte, dann höchstens den Hof fegen wie Onkel Pascha.

Wer ist schon für die Miliz geboren, für das kriegerische Geschäft? Gäbe es nicht das Böse auf der Welt und die Menschen, die es tun, wären beide überflüssig. Seit alters existieren Miliz, Polizei, Zoll und so weiter durch menschliche Unvernunft. Wenn es nach dem gesunden Verstand ginge, gäbe es längst keine Waffen, keine kriegerischen Menschen, keine Gewalt mehr auf der Erde. Ihr Vorhandensein ist ohne jeden vernünftigen Sinn. Gleichwohl hat die Menge der ungeheuerlichen Waffen katastrophale Ausmaße erreicht, und die kriegerischen Menschen auf der ganzen Welt werden nicht weniger, sondern mehr, dabei hat jeder, der eine militärische Uniform trägt, die gleiche ursprüngliche Bestimmung wie alle Menschen – gebären, pflügen, säen, ernten, schaffen. Aber der Entartete stiehlt, mordet, betrügt, und gegen das Böse wendet sich eine Kraft, die man auch nicht als eine gute Kraft bezeichnen möchte, denn eine gute Kraft ist immer schöpferisch, kreativ. Eine Kraft, die nicht sät und nicht erntet, aber auch das liebe Brot kaut, sogar mit Butter drauf, und obendrein die Verbrecher ernährt und bewacht, damit sie nicht fliehen können, und die zu allem Überfluß auch noch Bücher schreibt, hat längst das Recht verwirkt, sich schöpferische Kraft zu nennen, ebenso wie die Kultur, die sie bedient. Wie viele Bücher, Filme, Bühnenstücke handeln von Verbrechern, vom Kampf gegen das Verbrechertum, von ausschweifenden Weibern und Männern, von Lasterhöhlen, Gefängnissen, Straflagern, dreisten Fluchten, schlau eingefädelten Morden . . . Es gibt freilich auch ein Buch mit dem prophetischen Titel »Schuld und Sühne«. Die Schuld gegen den Frieden und das Gute wird seit eh und je verübt, die Sühne ist nicht mehr fern, keine Miliz kann ihr zuvorkommen, sämtliche Atomkrieger kann man nicht fesseln und ins Kittchen sperren, sämtliche Bösetäter »kannst du doch nicht beseitigen«. Es sind ihrer viele, und sie sind eine gut geschützte Kraft. Gesetzlosigkeit und Gesetz haben in den Augen mancher Weiser den Damm weggespült, haben sich zusammengeschlossen und fluten als eine einzige Woge gegen die bestürzten Menschen, die verwirrt und resigniert auf ihr Los warten.

Es heißt, Verstehen bedeute Verzeihen. Doch wie und wen verstehen? Wem was verzeihen? Wirkliche Verbrecher sind keine kleinen Marktdiebe, keine Doppelzüngler, die dem Brigadier hinten reinkriechen, betteln, sich unschuldig verurteilt wähnen, vor dem Posten zitternd strammstehen, nächtlich aber das Messer schleifen, aus einer Plastiktüte eine Pumpe machen und, nachdem sie für eine Essenration eine alte Injektionsspritze eingetauscht haben, allen möglichen betäubenden Dreck in sich hineinjagen und Haschisch rauchen, damit der Verstand sich trübt. Nein, nicht solche, sondern ein Lagerhäftling in mittlerem Alter, den Leonid »im Torf« sah, bestürzte ihn mit seiner Moral und seinem Lebensprogramm. Straff, mit starken Armen und starkem Charakter, ein Dieb, der sich streng an die »Gesetze der Unterwelt« hielt, seine Haftzeit »ehrlich« abriß und gleich nach der Freilassung wieder seinen wichtigsten Verpflichtungen nachkommen würde: Läden aufbrechen, Wohnungen und Lagerräume ausplündern, einen »lohnenden Coup« landen – eine Ladenkasse ausräumen, einen Kassierer berauben, einen reichen Freier bestehlen – wenn überhaupt einer, dann ist es der Ganove, der keine Arbeitslosigkeit kennt. Dieser Berufsdieb spottete unverhohlen über eine Journalistin von einer belehrenden, erzieherischen Zeitschrift, die Leonid als Mann der Feder »in den Torf« begleitete. Die Journalistin schien vom Mond zu kommen, sie wunderte sich über alles und glaubte hingerissen daran, daß es Menschen gab, die umerzogen waren, ihre Schuld eingesehen hatten und einem steril reinen und ehrlichen künftigen Leben zustrebten. Mit solchen sprach sie »von Mensch zu Mensch«.

»Sie zum Beispiel«, sagte sie zu dem ernsten, ruhigen Häftling, der sich seines Wertes bewußt war. »Sie haben Menschen beraubt. Wohnungen ausgeplündert. Haben Sie mal an Ihre Opfer gedacht?«

»Natschalnik«, wandte sich der Häftling auflachend an Leonid, »warum beleidigst du mich? Ich habe Anspruch auf einen gescheiteren Gesprächspartner.«

»Trotzdem, antworte schon. Sonst müssen wir annehmen, du willst dich vor der Antwort drücken.«

»Ich? Mich drücken? Du beleidigst mich schon wieder, Natschalnik.« Langsam und deutlich, damit die Journalistin mitschreiben konnte, rückte er offenherzig heraus: »Wenn ich an die Opfer hätte denken können, wäre ich Arzt, Agronom oder Kombinefahrer geworden, aber nicht Ganove! Haben Sie? So. Ich schenke Ihnen noch einen wertvollen Gedanken: Wenn es mich und meine Arbeit nicht gäbe, hätten die« – er zeigte auf Leonid – »und die und die und die« – er zeigte auf die Wachtürme, auf das Verwaltungsgebäude des Straflagers, auf das Kulturhaus, das Dampfbad, die Garage, die ganze Siedlung, »hätten die alle nichts zu futtern. Die müssen mich wie ihren Augapfel hüten, die müssen beten, daß ich meinen Diebsberuf nicht aufgebe.«

Mit diesem Mann war alles klar. Er war durchschaubar. Man würde ihn umerziehen, und er würde so tun, als wäre er umerzogen. Aber wie sollte man die Berufsschüler verstehen, die unlängst in Wejsk einen kurz vor der Abnahme stehenden Wohnungsneubau verwüstet hatten? Sie selbst hatten darin ihr Praktikum gemacht, sie hatten ihre eigene Arbeit vernichtet. In England, das hatte Leonid gelesen, war sogar eine ganze Stadt verwüstet worden! Unweit der verräucherten Industriestadt Birmingham war eine Trabantenstadt entstanden, in der es sich leichter atmen und leben ließ. Und die wurde von ihren Bewohnern verwüstet, und nicht nur von Jugendlichen! Auf die Frage: »Warum macht ihr das?« folgte überall die gleiche Antwort: »Weiß nicht.«

4

Leonid hatte schon in seiner Schulzeit viel und gierig gelesen, wahllos und ohne System, und später gelangte er an Bücher, die sie in der Schule »nicht durchgenommen« hatten, an das Buch Salomons und – o Graus! Wenn der Politstellvertreter der Gebietsverwaltung für Inneres das wüßte! Er lernte deutsch lesen, geriet an Nietzsche und überzeugte sich ein übriges Mal davon, daß, will man jemand oder etwas verwerfen, besonders wenn es ein großer Philosoph und überdies ein hervorragender Dichter ist, man ihn unbedingt kennen muß, erst dann kann man ihn ablehnen oder seine Ideologie, seine Lehre bekämpfen, nicht blindlings, sondern handfest, überzeugend. Wie hatte doch der russische Gelehrte gesagt: »Wenn man etwas sucht, Pilze oder die Relativitätstheorie, dann geht das nicht ohne Probieren.« Gerade Nietzsche war es, der einem vielleicht grob, aber direkt die Wahrheit über die Natur des menschlichen Bösen ins Gesicht knallte. Nietzsche und Dostojewski hatten beinahe hineingegriffen ins faule Eingeweide des jämmerlichen Menschleins, bis zu der Stelle, wo unter der dünnen Schicht der menschlichen Haut und der modischen Kleidung das grausige, sich selbst verschlingende Tier modert, reift, an Gestank zunimmt und Reißzähne wachsen läßt. Im Großen Rußland aber ist das Tier in menschlicher Gestalt nicht einfach ein Tier, sondern eine Bestie, und es wird geboren zumeist von unserm Gehorsam, unserer Liederlichkeit und Verantwortungslosigkeit, geboren von dem Wunsch Auserwählter oder richtiger solcher, die sich auserwählt wähnen, schöner, fetter zu leben als ihre Nächsten, sich von ihnen abzuheben, etwas Besseres zu sein, zumeist aber so zu leben, als schwämmen sie flußabwärts.

Einen Monat zuvor, bei scheußlichem Novemberwetter, war ein Toter zu Grabe getragen worden. Zu Hause hatten die Kinder und Angehörigen wie üblich den Verblichenen beweint, hatten vor Trauer stark getrunken und auf dem Friedhof noch nachgelegt – hier war's naß, kalt, trostlos. Fünf leere Flaschen wurden später in dem Grab entdeckt. Und zwei volle, mit verschnittenem Portwein, das war jetzt so eine angeberische Mode bei hochbezahlten Arbeitern, geckenhaft, verschwenderisch nicht nur die Freizeit zu verbringen, sondern auch Beerdigungen zu feiern: Über dem Grab wurden Geldscheine verbrannt, am besten ein ganzes Päckchen, und dem Dahingegangenen wurde eine volle Flasche hinterhergeworfen, denn der Ärmste würde womöglich im Jenseits nach einem Ernüchterungsschluck verlangen. Die trauernden Hinterbliebenen hatten die Flaschen in die Grube geworfen, aber ihren Erzeuger in die Erde zu senken hatten sie vergessen. Sie schaufelten die traurige Grube zu, schütteten einen Hügel auf, ein paar von ihnen legten sich auch auf den schlammigen Hügel und stimmten ein Wehgeheul an. Sie rückten die Fichten- und Blechkränze zurecht, stellten eine provisorische Pyramide hin und hatten es dann eilig zum Leichenschmaus.

Ein paar Tage lang, wie viele, wußte keiner mehr, lag der verwaiste Leichnam da, mit Papierblümchen überschüttet, in seinem Sonntagsanzug, den heiligen Kranz um die Stirn, ein neues Tüchlein in den blauen Fingern. Der Ärmste wurde vom Regen gründlich gewaschen, der Sarg lief randvoll mit Wasser. Und erst als die Krähen dicht an dicht auf den Bäumen rund um den Sarg saßen und schon erwogen, mit welcher Stelle des

Toten sie anfangen sollten, und dabei »karraul«* schrien, schwante dem erfahrenen Gespür und Gehör des Friedhofwärters Böses.

Was ist das? Immer wieder der alle Welt rührende, weitherzige russische Charakter? Oder eine Verirrung, ein Bruch in der Natur, eine ungesunde, negative Erscheinung? Warum wird dann so lange darüber geschwiegen? Warum muß man, anstatt von den eigenen Lehrern, von Nietzsche, Dostojewski und anderen längst Entschlafenen, noch dazu insgeheim, über die Natur des Bösen erfahren? In der Schule werden Blümchen in ihre Blütenblätter, Stempel und Staubfäden zerlegt, um die Bestäubung zu verdeutlichen, an Wandertagen werden Schmetterlinge ausgerottet, Faulbaumzweige abgebrochen und beschnuppert, den Mädchen Lieder vorgesungen und Gedichte aufgesagt. Irgendwo in der Nähe aber, in einem Bauch oder an einer anderen finsteren Stelle verborgen, sitzt der Gauner, Dieb, Bandit, Sadist, Gewalttäter, wartet geduldig auf seine Stunde, saugt, zur Welt gekommen, die warme Milch seiner Mutter, macht in die Windeln, besucht den Kindergarten, beendet die Schule, das Institut und vielleicht die Universität, wird Wissenschaftler, Ingenieur, Architekt, Arbeiter. Aber all das ist an ihm nicht das Wichtigste, ist nur die Oberfläche. Unter dem Nylonhemd und der geblümten Badehose, unter dem Reifezeugnis, unter Papieren und Dokumenten, elterlichen und pädagogischen Ermahnungen, unter den Normen der Moral wartet das Böse und bereitet sich auf das Handeln vor.

Und eines Tages öffnet sich die Klappe des stickigen Schornsteins, und aus dem schwarzen Ruß fliegt auf

* (russ.) Hilfe

einem Besen wie eine lustige Hexe Baba-Jaga oder ein flinker Dämon ein Teufel in Menschengestalt und beginnt, Berge zu versetzen. Jetzt müßte ihn die Miliz in Gewahrsam nehmen, den Dämon, er ist reif für Verbrechen und den Kampf gegen die guten Menschen. Sie müßte ihn fesseln, ihm den Wodka, das Messer und die freie Freiheit entziehen, aber er jagt schon auf seinem Besen über den Himmel und stellt an, was er will. Selbst als Milizionär bist du von Regeln und Paragraphen umsponnen, in deinen Rock gezwängt, zugeknöpft, in deinen Handlungen eingeschränkt. Hand an den Mützenschirm: »Ich bitte um Ihre Papiere.« Er bespuckt dich mit einem Strom Kotze oder zieht sein Messer, für ihn gibt es keine Normen, keine Moral, er hat sich selbst Handlungsfreiheit geschenkt, sich selbst eine Moral zusammengezimmert und singt sogar über sich selbst prahlerisch-rührselige Lieder: »Schon wieder kommt Besuch zu mir am Fraaaitag, Taganka-Knast, du bist mein Vaaaterhaus . . .«

In Japan, das hatte Leonid gelesen, werfen die Polizisten einen randalierenden Betrunkenen erst mal zu Boden, legen ihm Handschellen an und setzen sich erst dann mit ihm auseinander. Die Stadt Wejsk aber liegt am anderen Ende der Erde: In Japan geht die Sonne auf, in der Wejsker Gegend geht sie unter; dort sind heute plus achtzehn Grad, das Wintergemüse grünt auf den Beeten, hier dagegen minus zwei Grad, und es pladdert, als sollte das eine Ewigkeit so weitergehen.

Leonid hielt den Kopf unter den Wasserhahn und schüttelte dann die Nässe nach allen Seiten, es war ja keiner da, der ihm das Herumspritzen verbieten konnte – totale Freiheit! Er drehte den Hahn zu, stellte den Topf mit dem Huhn auf den Herd, strich sich mit den

Händen über den Kopf, als täte es ihm leid, streckte sich auf dem Sofa aus und starrte zur Decke. Die Schwermut ließ nicht nach. Schmerzen peinigten die Schulter, das Bein. Sie hätten mich auch zum Krüppel machen, totschlagen, unter die Treppe schieben können . . . Solche kriegen alles fertig . . .

Leonid hatte mit Fedja Lebeda Streifendienst in der Stadt, und Gott schickte ihnen einen Amokfahrer. Der betrunkene und, wie sich später herausstellte, eben erst aus dem Hohen Norden mit einer dicken Brieftasche eingetroffene »Held« hatte sich vor Freude vollaufen lassen, hatte nach Heldentaten verlangt und – einen schweren Kipper entführt. Vor dem Bahnhof machte die Straße einen Bogen um eine Grünanlage herum, verflucht sollte sie sein, auf dem Platz war eine Pappel gefällt und nach der neuen Mode ein Rundbeet angelegt worden, in der Mitte fünf libanesische Zedern, das ganze mit braunen Steinen ummauert, mit Blümchen bepflanzt – wegen dieser von Wejsker Designern für das Volk geschaffenen Ästhetik waren schon viele Menschen zu Schaden gekommen; der Mann beherrschte das Fahrzeug nicht, nahm die Haltestelle mit, verletzte zwei Menschen schwer, quetschte einen am Wartehäuschen zu Tode, geriet in Panik, jagte blindlings die Hauptstraße entlang und zermanschte auf einer Kreuzung bei Rot eine junge Mutter mit ihrem Kind.

Die gesamte Miliz, Taxis und Busse verfolgten den Amokfahrer, drängten ihn vom Zentrum in Seitenstraßen ab, in die Einöde der Holzhäuschen, in der Hoffnung, daß er vielleicht in einem Zaun steckenblieb. Ihm auf den Fersen hingen Leonid und Fedja Lebeda, sie hatten das dahinrasende Fahrzeug schon in einen Hof gejagt, doch der Fahrer wendete auf einer Sandfläche, zertrümmerte einen Kinderspielplatz, gut, daß zu dieser Stunde keine Kinder draußen waren. Aber schon beim Herausfahren riß er zwei alte Frauchen mit, die Arm in Arm spazierengingen. Wie Baumweislinge flogen die klapprigen Weiblein in die Luft und falteten auf dem Gehsteig ihre Flügelchen ein.

Leonid als Streifenführer entschied, den Verbrecher zu erschießen.

Erschießen, leicht gesagt! Aber wie schwer ist das zu machen. Auf einen lebendigen Menschen schießen! Wir sagen bei jeder Gelegenheit: »Den oder die könnt ich umbringen.« Versuche mal, einen umzubringen! In der Stadt konnten sie sich nicht entschließen, auf den Verbrecher zu feuern, überall waren ja Menschen. Sie jagten den Kipper zur Stadt hinaus und riefen die ganze Zeit über Lautsprecher: »Bürger, Vorsicht! Bürger! Am Lenkrad sitzt ein Verbrecher! Bürger . . .«

Es ging einen Hügel hinauf, dann an der letzten Tankstelle der Stadt vorbei. Der neue Friedhof kam in Sicht. Grauenhaft! Vor dem Friedhof gleich vier Trauerzüge, einer davon schwarz von Menschen, da wurde eine örtliche Berühmtheit zu Grabe getragen. Fünf Kilometer hinter dem Friedhof lag eine Großbaustelle, und was der Amokfahrer da anrichten konnte, war nicht auszudenken. Die Geschwindigkeit hatte ihn ganz verrückt gemacht, er fuhr in den weiten Räumen außerhalb der Stadt mehr als hundert Sachen.

»Schieß! Schieß!«

Fedja Lebeda saß im Beiwagen des Motorrades, er hatte die Hände frei und war der beste Schütze des Reviers. Gehorsam zog er die Pistole, entsicherte sie und schoß, als hätte er nicht begriffen, auf wen er schießen sollte, eine, zwei, drei Kugeln in die Reifen des Kippers. Der Gummi qualmte. Das Fahrzeug hüpfte, klirrte. Leonid biß sich auf die Lippen und drehte den Gasgriff des Motorrads bis zum Anschlag.

Sie kamen dem Kipper näher, holten auf! Fedja Lebeda hob die Pistole, ließ sie aber kraftlos wieder sinken.

»Halt aaan!« schrie er. »Halt an, Du Unhold! An der Baustelle ist die Straße gesperrt, da ist ein Posten!«

Leonid las aus Fedjas Lippenbewegung fast ein Gebet, das sein Kamerad in letzter Hoffnung auf einen unblutigen Ausgang sprach.

»Und der Friedhof?« las Fedja Lebeda die Antwort von Leonids Lippen.

Buchstäblich so weiß wie noch nicht von einem Graphomanen versautes Schreibpapier, hob Fedja die vertraute Waffe wie ein schweres Gewicht. Seine Lippen flatterten, stießen sabbernd hervor:

»Warnschuß . . . Warnschuß . . .«

Leonid setzte wütend zur Überholung an. »Keine Zeit!«

Der Amokfahrer ließ ihn links nicht vorbei. Mit einem jähen Ruck riß Leonid das Krad nach rechts, daß es fast umkippte, und raste vorwärts. Auf gleicher Höhe mit dem Fahrerhaus des Kippers schrien sie beide, wissend, daß es hoffnungslos war, beschwörend, den Lautsprecher vergessend:

»Anhalten! Anhalten! Wir schießen . . .«

Das polternde Ungetüm zog rüber, traf das Motorrad mit dem eisernen Trittbrett. Leonid war als Fahrer ein As, aber jetzt geschah ihm etwas Unerklärliches – sein linker Fuß tastete nach dem Pedal und fand es nicht. In seinen Ohren begann es zu tönen, Himmel und Erde liefen dunkelrot an, vor ihnen rannten Menschen von den Trauerzügen weg, verschwanden hinter irgendeiner Kante.

»So schieß doch!«

Mit zwei Schüssen tötete Fedja Lebeda den Verbrecher. Der Kipper jagte polternd auf durchlöcherten Reifen noch ein Stück weiter und landete mit dem Kühler im Straßengraben. Leonid, der schon vom Sitz des Motorrads oder mitsamt dem Motorrad stürzte, sah aus dem kaum behaarten, trotzig-stumpfen Hinterkopf eine Kugel wie von einem Kugellager herauskullern, noch eine Kugel, schneller, häufiger, sie rollten wie vom Fließband, streckten sich zu einem roten Faden, flossen über den Hals, die Schultern, die nagelneue, wohl einem Matrosen im Norden abgekaufte Sportjacke mit den vielen Taschen, die vollgestopft waren, vielleicht mit Briefen der Mutter oder des geliebten Mädchens. An der Jacke steckte ein Abzeichen, ein hellrotes Abzeichen für die Rettung von Menschen aus dem Feuer. Und nun wurde die Jacke rot auf den Schultern und auf dem Rücken, rot wie das Abzeichen.

Ein Krampf zog Leonid auf der Erde zusammen, rotes Naß stieg zur Kehle. Verkrümmt, zerstört lag er dann in dem Schnelle-Hilfe-Wagen neben dem erschossenen Amokfahrer und hörte, wie unter den beiden Tragen, die Ohren zerschneidend, ihrer beider Blut auf den eisernen Boden pladderte.

Der überaus erfahrene Chirurg Grischa Peretjagin vom Eisenbahnerkrankenhaus, der aus ihrer Siedlung stammte und immer nur Dreien auf dem Zeugnis gehabt hatte, obwohl er die Fähigkeiten für Einsen besaß, hatte sich offenbar irgendwann als Arzt etablieren können, er war grauhaarig, langsam und ruhig und, wie es Leonid vorkam, auch leicht beschwipst.

»Das Bein hängt an einer Sehne und einem Hautlappen. Amputieren oder retten? Wie hätten Sie's gern, Bürger Natschalnik?«

»Versuch's, Doktor«, flehte Leonid und fügte bittend hinzu: »Ich zeig mich erkenntlich, Grischa.« Als er den verwunderten Blick des Arztes sah, ergänzte er: »Ich bin doch auch einer von uns Eisenbahnern . . . der Neffe von Tante Lina.«

»Ach ja!« sagte der Doktor lebhaft. »Lenja, nicht? Ich hab mir schon gedacht, verstehste . . . Na, wenn du Eisenbahner bist und noch dazu von unserm Wjatkaer Blut, dann reicht eine Sehne. Ich hab schon geguckt, du kamst mir gleich bekannt vor, verstehste«, schwadronierte Grischa und machte der Schwester und der Pflegerin Zeichen. »Also erkenntlich willst du dich zeigen? Mich abführen und nicht wieder weglassen, was, hä-hähä . . .«

Aus irgendwelchen Gründen gab der Chirurg Leonid keine Narkose. Leonid bekam ein volles Glas reinen Sprit. Der Arzt wartete, bis der Patient tödlich betrunken war, plauderte noch mit ihm über dies und das und ging ans Werk. Während der Operation bekam Leonid noch ein Meßgläschen Sprit. Er trank ihn wie sehr kaltes Quellwasser. Da er es nicht gewohnt war, verbrannte ihm der Sprit die Schleimhaut, und er war noch lange heiser.

Grischa Peretjagin, zufrieden mit sich und seinem Können, lachte kumpelhaft, wenn er zur Visite kam.

»Ich hab dich zusammengeflickt wie an der Front. Ruck-zuck, und fertig. Und es ist angewachsen! An-gewach-sen, verstehste! Das fehlte noch, für einen Wjatkaer Narkose und Blutkonserven zu verschwenden! Die Narkose ist schädlich, Blutkonserven sind knapp, aber von uns Wjatkaern gibt's viele. Hör mal, hast du wirklich noch nie reinen Sprit getrunken? Na, na, verstehste!

Du bist mir ein schöner Bulle, du Lockenkopf! Solche Schwächlinge sollte man achtkantig rausschmeißen aus den Organen.«

Leonids Genesung dauerte lange. Vor Schwermut und Einsamkeit las er viel, warf sich noch intensiver auf die deutsche Sprache, begann Papier mit Tinte vollzukliern. Anfangs schrieb er Erklärungen, lang und ausführlich, dann verfaßte er einen kurzen Bericht, einem Rapport ähnlich, und hoffte, damit die Sache vom Hals zu haben. Eine besonders schwierige Aussprache hatte er mit dem Untersuchungsführer Anton Pesterew. Der hielt die Ehre des Justizmitarbeiters mächtig hoch und wähnte, alles und alle zu kennen und zu durchschauen.

»Wie konnten Sie, ein Milizionär, ein gestandener Mann mit Diensterfahrung, auf einen jungen Burschen schießen, der sein Leben noch vor sich hatte? Konnten Sie nicht anders mit ihm fertig werden, ohne Schießen und ohne Blut?« stieß Pesterew durch die Zähne und durchbohrte Leonid mit der schmalen Klinge seiner Augen, sichtlich in Nachahmung eines unerschütterlichen eisernen Götzen. Fedja Lebeda hatte sich pfiffig vor Erklärungen gedrückt. Wer war Streifenführer gewesen? Leonid. Also leg du Rechenschaft ab, nimm die Plage auf dich. Leonid hielt sich anfangs zurück, versuchte Pesterew etwas zu erklären, dann brauste er auf:

»Allein schon für die junge Frau mit dem Kind!« Er hielt die Hand vor die Augen, wandte sich ab. »Zerquetscht . . . Staub, Blut, alles ein roter Matsch. Ich würde auf jeden ein ganzes Magazin leerschießen, aber mit besonderem Vergnügen auf dich!«

»Hysterischer Kerl«, schrie der Untersuchungsführer. »Weißt du, wo du hier bist? Wie bist du überhaupt zur Miliz gekommen?«

»Hysterisch bin ich, weil es dir zu gut geht!« Noch immer steckte ein kleiner Junge in Leonid. Er klopfte Anton Pesterew gegen die Justizuniform: »Es war ja nicht deine Mutter! Von dieser Toten kannst du dich nicht mit einem Füffi loskaufen, Landsmann!« Damit ging er, und der Kämpfer für die Gerechtigkeit war so bestürzt, daß er Leonid anrief und Auskunft heischte, was die Anspielung zu bedeuten habe.

Pesterew, der aus Tugoshilino stammte, hatte vergessen, daß nur drei Werst von seinem Heimatdorf, in dem Dörfchen Poljowka, Leonids Schwiegermutter Jewstolija Tschastschina lebte, und die wußte nun wirklich alles über jeden, vielleicht nicht gerade im kosmischen, nicht einmal im Gebietsmaßstab, aber in der Umgebung von Chailowsk reichten ihre Kenntnisse weit, und von ihr, der Schwiegermutter, hatte Leonid erfahren, daß in Tugoshilino vor vier Jahren die alte Pesterewsche gestorben war. Alle Kinder, sogar die Schwiegertöchter und Schwiegersöhne, waren zur Beerdigung gekommen, auch entfernteste Verwandte reisten an, nur der Jüngste, ihr Lieblingssohn, überwies fünfzig Rubel für die Beerdigung, bekundete in einem langen Telegramm sein Beileid und teilte mit, daß er sehr beschäftigt sei; in Wirklichkeit war er gerade erst von einer Kur aus Belokuricha zurückgekommen und fürchtete, die dortigen Radonbehandlungen könnten umsonst gewesen sein und die Nerven von der seelischen Erschütterung verrücktspielen, überdies hatte er keine Lust, mit seiner rückständigen Dorfverwandtschaft Umgang zu pflegen. Die in der Tat rückständige Verwandtschaft schickte ihm die fünfzig Rubel zurück und schrieb mit dörflich derber Direktheit: »Ersticken sollst Du an Deinem Geld, Du Lump und Schandkerl.«

Nachdem Leonid an Krücken aus dem Krankenhaus in seine leere Wohnung zurückgehumpelt war, legte er sich aufs Sofa und bedauerte, sich nie das Trinken angewöhnt zu haben, das wäre jetzt angebracht gewesen.

Tante Granja schaute gelegentlich vorbei, wusch, räumte auf, kochte, nörgelte, daß er sich zu wenig bewege.

Er bezwang sich, begann wieder wie süchtig zu lesen, und es zog ihn zum Schreiben – mit den Erklärungen und Berichten hatte er sich verzettelt! In dieser für ihn noch unbegreiflichen, aber faszinierenden Arbeit fand er Vergessen. Er hatte sich auch früher, schon in der Schule, für die Schreiberei interessiert – der eigentlich ganz gewöhnliche, ja, typische Weg des heutigen Jungliteraten: Wandzeitung in der Schule, Mitteilungsblatt in der Sonderschule, Notizen, manchmal in »künstlerischer« Form, für die Gebietszeitungen, für die Milizzeitschrift, dann auch für andere Provinzzeitschriften; für die hauptstädtischen reichte es noch nicht, dessen war er sich gottlob bewußt.

Ob ich zu Polina fahre? Bei Polina ist es schön! dachte Leonid lasch und wußte im voraus, daß er nirgendwohin fahren würde. Er hatte ja nicht einmal die Kraft und vor allem nicht den Wunsch, sich zu bewegen, um die Post hochzuholen.

Polina war ein Mensch, der es verstand, zu trösten, zu beschwichtigen und alle Welt zu verpflegen. Sie mußte es sein, die Puschkin gemeint hatte, als er schrieb: »Ach, könnt ich doch Zarin sein! Für die ganze weite Welt hätt ich selbst ein Fest bestellt!«

Nach seiner Feuertaufe und dem Krängen des Familienschiffs hatte Leonid aus Verwirrung oder innerer Leere beschlossen, zum Zeitvertreib seine Bildung zu vervollständigen, und sich um ein Fernstudium an der Philologischen Fakultät des hiesigen Pädagogischen Instituts beworben, mit besonderem Gewicht auf der deutschen Literatur; er plagte sich zusammen mit einem Dutzend Jungwejsker damit ab, Lermontows Übersetzungen mit den genialen deutschen Originaltexten zu vergleichen, und er stieß immer wieder auf das Gesuchte, nämlich auf Abweichungen: Lermontow hatte nach Meinung der Wejsker Denker die deutsche Kultur nachhaltig verdorben. Im Pädinstitut hörte Leonid zum erstenmal das Wort »Zielstudent«, dessen Sinn die Bürger unseres Landes mit Ausnahme der Eierköpfe von der Pädagogischen Akademie nie ganz begriffen haben. Dabei ist »Zielstudent« ein Wort, das den Sinn des Gegenstandes genauestens definiert: Es meint einen Abiturienten, der an eine höhere Lehranstalt entsandt und dort als Privilegierter aufgenommen wird, mit dem Ziel und der Verpflichtung, in die heimatliche Ländlichkeit zurückzukehren, um dort zu arbeiten. Wie viele »Zielstudenten« und namentlich »Zielstudentinnen« wirklich in die heimatliche Ländlichkeit zurückkehren, weiß nur die allwissende Statistik, und die schweigt verlegen.

In dem an das Pädinstitut angrenzenden kleinen Sportstadion, in dem da und dort grüne Ahornschößlinge sprossen, spielte Leonid »Knüppel und Klötze«. Auf dem Gelände des Stadions hatte sich früher ein Patriarchenteich mit Karauschen, Seerosen und Seelilien befunden, drumherum mächtige alte Bäume. Im Kampf mit dem Dunkelmännertum der historisch überlebten Kirchenfürsten wurden die Bäume gefällt und der Teich samt den Karauschen mit Schlacke und Erde, dem Aushub der Neubaufundamente, zugeschüttet, aber die verfluchte Vergangenheit, aufdringlich und zählebig wie sie war, gab unter dem glattgestampften und festgewalzten Stadionbelag hervor Lebenszeichen, denn aus den tief begrabenen Baumstümpfen sandte sie, anfangs heimlich und verstohlen, Frühlingsboten in die blauäugige Gegenwart, erinnerte an sich mit lebenskräftigen Pappel- oder Ahornschößlingen, zwischen denen auf dem schlackebelegten Stadionrund mit spitzen Ellbogen die künftigen allseitig entwickelten Pädagogen ihre Laufrunden drehten, um die Geschmeidigkeit des Körpers und die Festigkeit der Muskeln zu trainieren.

Da Leonid lahmte, war er gehalten, sich an Wettkampfspielen zu beteiligen, und so schleuderte er eifrig die glattgehobelten Knüppel nach den aufgestellten Klötzen, so daß er bald eine »Großmutter im Fenster«, bald eine »Schlange«, bald ein »Häuschen« auseinanderwarf. Eines Tages sah er in einem Winkel des Stadions ein Mädchen von männlich kräftigem Körperbau, mit einem schlichten, grob geschnittenen, aber gesunden und rosigen Gesicht, in das kurzgeschnittene Haar von der Stärke und Farbe von Roggenstroh herabfiel. Das Mädchen raffte die Haare auf dem Hinterkopf mit einem altmodischen beinernen Kamm zusammen, streifte die Skihose ab, riß die Jackenknöpfe auf, schnaufte ungeduldig mit geblähten Nüstern. Im Gehen zog sie die Fußballerhose hoch, holte pfeifend tief Luft, betrat die Aschenbahn und erstarrte in Erwartung des Startsignals. Unter dem Männerturnhemd, das von ihrem Körper durchsichtig dünn gedehnt wurde, zeichnete sich deutlich der Büstenhalter ab, den auf dem Rücken ein Schifferknoten zusammenhielt, denn der Plastikverschluß hatte dem Andrang der verborgenen Kräfte nicht standgehalten, war geplatzt und baumelte nutzlos. Klarer Fall, nur ein starker Knoten vermochte die Kräfte in den gußeisernen Zylindern der Brüste mit den mittendrauf geschraubten dreizölligen Muttern zu bändigen. An diesen Muttern mochten so manches Mal fortgeschrittene Dorfmechanisatoren gedreht haben, aber nicht einmal sie hatten es geschafft, das Gewinde zu lockern und die Macht des gewaltigen, vor dem Lauf immer heißer lodernden Mechanismus zu zügeln.

»Iiiäch, ihr intellektuellen Spulwürmer!« blaffte das Mädchen, als neben ihr trippelnd, kurzatmig die jungen Sportler antraten, blaßgrau von Tabak, nächtlichen Stelldicheins und kärglicher Studentennahrung. Die Brüste des Mädchens wogten, das Hinterteil bewegte sich wie das Schwungrad einer Zugmaschine, die mit Turnschuhen Größe zweiundvierzig beschuhten Füße griffen meterweit aus, ihr Gesicht war kriegerisch beseelt, und das ganze mickrige Volk, das über den beerdigten Patriarchenteich hoppelte, flog beiseite wie ein Mückenschwarm und blieb zurück.

Das Mädchen wußte nicht, was ein Finish war, und raste darüber hinaus, und nur Gott weiß, wie weit sie gerannt wäre, hätte nicht auf ihrem Weg die Stadionumzäunung gestanden. Solch eine war Polina! Gott hatte sie auch mit einem passenden Nachnamen ausgestattet – Silakowa*. Ein hochtrainierter Sportler, wohl gar Meister des Sports, den sie zu Staub zerrieben hatte, rechtfertigte sich, wobei er die Brille putzte: »Ich hätte dieses Elementarweib allemal überholt, bloß meine Brille war beschlagen.« Polina Silakowa klopfte dem berühmten Sportler nachsichtig auf die Schulter und bot ihm an: »Wolln wir noch mal?«

Damit war das berühmte Institutslied geboren: »Ich schenkt' dir Blumen, kocht' dir Brei, ich liebte innig dich und treu.« Refrain: »Bloß meine Brille ist beschla-

* Abgeleitet von (russ.) sila = Kraft.

gen.« – »Ich macht' mein Abi, ging studiern, ich würd' die Wissenschaft kapiern, bloß meine Brille ist beschlagen.«

Mit dem Studium lief es bei der »Zielstudentin« Polina Silakowa nicht so flott wie im Stadion. In der Potschinoker Dorfschule hatte sie in den Wissenschaften keinen überholt, sondern war eher hinterhergetrabt. Sie hätte im Kolchos arbeiten, Bestarbeiterin werden und zu Ansehen gelangen wie auch Mutter vieler Kinder werden können, aber ihre eigene Mutter, die im Kolchos ihre Jugend, ihr Leben, ihre Schönheit und ihre Kraft gelassen hatte, brachte in Erfahrung, daß das Pädinstitut zusätzliche Studienplätze vergab, sagte: »Fahr hin, lern auf Wissenschaftlerin, dann verdienst du später viel Geld, bringst es zu was und brauchst nicht wie ich dein Leben lang im Mist rumpatschen.«

Polina Silakowa wollte gar zu gern Wissenschaftlerin werden, sie schlief nächtelang nicht, verblödete von den Wissenschaften und der städtischen Kultur und fand mit ihrer vielerfahrenden Bauernschläue heraus, wie das Ziel zu erreichen sei: Sie schleppte vom Dorf Kartoffeln, Milch und Fleisch ins Studentenheim, räumte das Zimmer auf, wusch und bügelte für die Aristokratinnen von der Philfak, und diese rauchten Zigaretten in langer Spitze, kannten sich aus in Kognakmarken, Cocktails und Sex, wußten die ausländischen Aufkleber auf den Hintern von Importjeans auswendig, von denen der wertvollste »Montana« hieß, machten Polina zum Gespött und triezten sie. Madame Pesterewa, die im Institut klassische russische Literatur las, nahm Polina als Putzfrau.

Die Eheleute Pesterew taten nichts im Haushalt, sie machten sich nicht die Hände schmutzig, sondern lebten nach den Regeln und Ansprüchen hochintellektueller

Persönlichkeiten: Sie erfreuten sich am Tennisspiel, badeten in Eislöchern, beteiligten sich an Kollektivjagden und fuhren jedes lässig einen eigenen Wolga, indem sie das Lenkrad nur mit einer Hand kurbelten und den Ellbogen zum Fenster hinausschoben. Die Sitze ihrer Wolgas hatten Schonbezüge aus dem Fell eines zottigen Tiers, Lamafell, wie die Pesterews versicherten, auf den Rücksitzen kullerte wie bei reichen Kaukasiern ein bunter Ball, und vor der Windschutzscheibe war, wie es sich für vermögende Personen mit Kultur gehörte, ein exotisches Äffchen mit breitem Mund und roter Hose aufgehängt; auf dem Glas stand mit leuchtend bunten Buchstaben: »Españo – muerto – comandoros«.

Anton Pesterew, der schon als Student die Tochter des Direktors vom Wejsker Flachskombinat geehelicht hatte, bewohnte mit seiner dreiköpfigen Familie eine Vierzimmerwohnung, hielt den örtlichen »Salon« und versammelte darin abends die »vornehme Welt« der Stadt Wejsk. Eines der Zimmer hatten die Pesterews in eine Art Salon, Spielhalle und billiges Museum verwandelt, wo an den Wänden abstrakte Gemälde, Stiche, ein paar teure halbfrivole Metallprägearbeiten mit Nixen, ein paar Spinnräder, ein Paar Bastschuhe sowie Reproduktionen pikanter Bilder von Salvador Dali hingen. In diesem Saal erklangen abends gedämpft, intim moderne Aufzeichnungen »von drüben« aus der japanischen Stereoanlage, aber auch die in einem modernen Salon unentbehrlichen Modepoeten: Wyssozki, Okudshawa, Novella Matwejewa, auf intarsierten Regalbrettern standen Jewtuschenko, Wosnessenski, Achmadulina, Apollinaire, Dos Passos, Jimenéz, Li Bo, weiterhin Pikul, Simenon und Updike, dazwischen eine vorrevolutionäre Bibel, ein Gebetbuch mit Goldschließe, »Das Lied vom Heereszug Igors« in einer Geschenkausgabe und das elegante vierbändige Wörterbuch von Dal.

Madame Pesterewa amüsierte ihre Gäste mit Erzählungen von Polina Silakowa und machte diese im Hörsaal zum Gespött.

»Nun bitte, junger Mensch«, wandte sie sich in altmodischer Manier an die Studentin, als wäre die ein Wesen männlichen Geschlechts, und ließ sie vor dem Publikum wie nach dem Kommando »Stillgestanden« Aufstellung nehmen. »Was können Sie uns über die verhängnisvollen Verirrungen Nikolai Gogols erzählen?«

Und prompt, freudig, mit Hilfe der Kommilitoninnen präpariert, folgte Polina Silakowas Antwort:

»Die mystischen Stimmungen Gogols unter dem Einfluß der finsteren und rückständigen Philosophie der Kirchenväter führten zwangsläufig zum geistigen Zusammenbruch des großen russischen Schriftstellers. Im Ergebnis dieses Zusammenbruchs verbrennt er den zweiten Band der ›Toten Seelen‹, der im übrigen schwächer als der erste Band war, denn er war durchtränkt vom degenerierten Geist der Kirchenmänner, die sich in den Katakomben und finsteren Winkeln des Klosters Optina Pustynja und sonstigen Lasterhöhlen der militanten Dunkelmänner verbargen . . .«

»Soso. Sie haben natürlich den zweiten Band gelesen und lehnen ihn deshalb so überzeugend ab?«

»Nein. All das hat uns im Dorf die Literaturlehrerin Eda Genrichowna Schutenberg erzählt, und die Mädchen haben mir geholfen. Beim Lernen.«

»Eine verbannte Lehrerin?«

»Ja. Aber sie hat sich später gebessert, wurde rehabilitiert. Und hat sogar einen Orden bekommen.«

»Vielleicht war sie auch Verdiente Lehrerin?«

»Ja. Das habe ich vergessen. Verdiente Lehrerin.«

»Und sie hat sich bemüht, euch Dorfschülern selbständiges Denken beizubringen?«

»Sie hat sich hartnäckig bemüht. Beharrlich. Hat viel Kraft darauf verwendet.«

»Nun gut.« Mit einem kaum merklichen Lächeln, das über ihr Gesicht huschte, rief Madame Pesterewa das Auditorium zum Zeugen und setzte das Schauspiel fort, indem sie die treuherzige Polina Silakowa aufforderte, »die Epoche Puschkins dazustellen«, gab ihr sogar mit Kopfbewegung und »Orientierungshinweisen« die erforderliche Richtung. Und Polina entlarvte gefühlvoll die vornehme Welt und die verhängnisvolle Epoche, in denen der große Dichter und Märtyrer festsaß, schmähte den Grafen Benckendorff, attackierte sarkastisch den Zaren, kritisierte ihn scharf und schonungslos wie einen versoffenen Brigadier auf der Kolchosvollversammlung und sagte abschließend, dem großen Dichter sei nichts anderes übriggeblieben, als »auf dem edlen Schlachtfeld unterzugehen«, und »Intrigen, höfische Intrigen hätten die Leuchte der russischen Poesie zum Erlöschen gebracht.«

»Toll haben Sie's denen gezeigt!« sagte Madame Pesterewa kopfschüttelnd. »Na, geben Sie's schon her, Ihr Zensurbuch. Nicht einmal in den Wänden unseres Instituts wird das Verhalten der Klassiker jeden Tag so gründlich analysiert.«

Lerka, Leonids Frau, die, wie heutzutage modern, von ihrem Mann getrennt lebte, aber noch nicht geschieden war, hatte mit Polina Silakowa die oberen Klassen der Dorfschule von Potschinok besucht. Ihr kam zu Ohren, wie im Institut mit diesem herzensguten Mädchen umgesprungen wurde, deren Großvater und Vater den halben Kreis gepflügt und Gräben von mehr Gesamtlänge ausgehoben hatten, als die Pesterews als Kurpatienten und Touristen später zu Fuß und mit dem Wagen zurücklegten, und daß die gelehrte Dame das Mädchen überdies zu ihrer Putzfrau gemacht hatte.

»Wie ist das möglich?« schrie Lerka, die wenig Selbstbeherrschung besaß. »Rowdys legt ihr Handschellen an! Säufer steckt ihr ins Ausnüchterungshaus! Und das, und das? Wann hört das endlich auf, daß diese neureichen Aristokraten sich über uns Dörfler lustig machen?«

»Schrei mich nicht an und halt mich nicht für den lieben Gott! Laß uns lieber überlegen, wie wir dem Mädchen helfen können.«

Sie kamen auf den Gedanken, Polina Silakowa in eine landwirtschaftliche Berufsschule zu stecken, damit sie zum profilierten Mechanisator ausgebildet würde. Polina heulte: »Ich will aber Wissenschaftlerin werden! Na, wenigstens auf eine Kindergärtnerinnenschule, wenn ich das hier schon nicht schaff.«

Leonid nahm Polina bei der Hand und ging mit ihr zum Rektor des Pädinstituts, Nikolai Chochlakow, einem bekannten Bibliomanen, in dessen Bibliothek sich Leonid »versorgte«, seit Tante Lina aus dem Straflager zurückgekehrt war und, da sie nicht gleich Arbeit fand, im Hause des Professors wusch und saubermachte.

Chochlakow sah wie ein typischer Professor aus. Dick, grauhaarig, gebeugt, trug er einen weiten Samtrock, rauchte nicht und trank nicht. Seine Vierzimmerwohnung war bis an die Decke mit staubigen Büchern vollgestopft, und all das machte, wie Leonid vorausgesehen hatte, einen gewaltigen Eindruck auf Polina. Als Chochlakow ihr erklärte, daß sie für einen modernen Wissenschaftler viel zu geradlinig sei, und hinzufügte, ein dörflicher Mechanisator verdiene heutzutage weit mehr als ein Geisteswissenschaftlicher, machte Polina eine entschlossene Handbewegung.

»Nicht alle können Wissenschaftler werden. Irgendwer muß auch arbeiten. Wo ist hier der Wischeimer?« Sie raffte den Rock, wusch den Fußboden, wischte Staub auf den Bücherschränken des unlängst verwitweten Professors und schrie dabei, daß es durch das »gelehrte« Haus schallte: »Ich! Du! Er! Hand in Hand bilden wir das Vaterland!«

Da noch kein Bett im Wohnraum frei war, wohnte Polina bei dem Professor, besuchte gelegentlich Leonid und schrie schon von der Tür her entrüstet: »Schon wieder hast du alles eingesaut, mein lieber Mann!«

Polina wurde eine gute Berufsschülerin und eine im ganzen Gebiet herausragende Sportlerin, schlug im Diskuswurf alle örtlichen Rekorde und fuhr sogar zu Regionalwettkämpfen und zur Spartakiade der Völker der UdSSR in die Hauptstadt. Als sie von dort zurückkehrte, hätte Leonid sie fast nicht wiedererkannt. Goldbraunes Make-up, die Haare ein wilder Busch von gelockten oder eher zerwirbelten Haaren, blaugefärbte Lider, dazu ein Jeansanzug und Stiefel, wie sie der Mime Bojarski in den »Drei Musketieren« getragen hatte, so zeigte sich Polina wieder in ihrer Heimat, ungestüm, alles niederwalzend, eine Zigarre zwischen den Zähnen.

»Ihr sollt uns noch kennenlernen! Ihr soll noch an uns denken! Wir Dörfler können's besser als die Schlampen von der Philfak!«

He-he, dachte Leonid betrübt, so läuft das also – das Dorf verliert wieder mal eine gute Arbeitskraft, und die Stadt gewinnt eine großmäulige Schreierin. Mit Hilfe von Professor Chochlakow und Lerka wurde Polina ins

Zentralgut ihres heimatlichen Potschinoker Kolchos »Morgenröte« gelotst, wo sie genauso gut wie die Männer als Mechanisatorin arbeitete, wo sie heiratete, nacheinander drei Söhne gebar und sich vornahm, weitere vier zu gebären, jedoch nicht solche, die mit Kaiserschnitt aus dem Mutterleib geholt werden und später herumjammern: »Ach, meine Allergie! Ach, meine Distrophie! Ach, meine frühe Spondilose!«

»Meine Männer werden das Land bearbeiten, zur See fahren, in den Kosmos fliegen.« Doch dann fügte Polina, dieses schwache Wesen, diese Frau und Mutter, mit einem tiefen Atemzug hinzu: »Aber wenigstens einer soll ein Wissenschaftler werden wie Professor Chochlakow.«

»Du kriegst mich hier nicht weg. Ich werd wohl auch nicht wegfahren. Und Gogols Troika? Alles Schwindel! Ich glaub dem Alten schon längst nicht mehr«, murmelte Leonid, der noch immer auf dem Sofa lag, und freute sich, daß der Zug nach Chailowsk schon durch war und es bis morgen keine Fahrmöglichkeit gab außer dem Bus, in dem bei solchem Wetter sich durchrütteln zu lassen seine Kampfverletzungen verboten. Morgen oder übermorgen, da würde er sich aufraffen und Polina besuchen fahren, vielleicht auch mal bei den Schwiegereltern vorbeischauen, denn von Potschinok bis Poljowka war es nur ein Katzensprung. Er mußte Lerka anrufen. Das hatte er lange nicht getan. Aber sie würde an seiner Stimme merken, daß ihm schon wieder etwas zugestoßen war.

Das ließ sich ertragen.

Also, wo waren wir stehengeblieben? Bei den Widersprüchen des Lebens? Warum die Menschen aufeinander einschlagen? Was für eine einfache Frage! Und die Antwort war noch einfacher: »Weil sie Lust haben.«

Der Leiter der Chailowsker Kreisabteilung für Inneres, Alexej Achljustin, ein Denker und Kämpfer, pflegte zu sagen: »Die Hälfte der Menschen auf der Erde verstößt gegen das Gesetz oder wird es noch tun, die andere Hälfte läßt das nicht zu. Noch herrscht Gleichgewicht. Das könnte verlorengehen . . .«

Lerka muß ich anrufen. Wie mag es ihr gehen? Leonid hielt die Hand mit der Armbanduhr ins Licht, das trüb durch das lange nicht geputzte Fenster sickerte, hinter dem bauchigen Kleiderschrank hervor – halb fünf. Lerka hatte um sechs Arbeitsschluß. Sie würde dann Sweta vom Kindergarten abholen, einkaufen gehen, Besorgungen machen – vor acht war an Anrufen nicht zu denken. Ob er sie auf der Arbeit anrief? Aber die Weiber dort! Gelangweilt vom weißen Nichtstun in der weißen Apotheke, vom Geruch der Medikamente, die Fleisch und Geist benebelten. »Deiner!« würden sie aufgeregt schnattern. »Bestimmt will er dich anpumpen!«, »Sehnt sich nach Zärtlichkeiten«, »Hat sich an sein Kind erinnert.«

Uuuch, die Frauen, diese Frauen! Denen darf man niemals trauen! Das reimt sich ja sogar! Ganz von selbst! Wie bei Majakowski! Vielleicht sogar noch besser . . .

Der mächtige Leib des Kleiderschranks zog seinen Blick an, unterbrach seine Gedanken, erinnerte im Schatten deutlich an die Figur des unsterblichen Sobakewitsch. Wegen dieses Kleiderschranks waren die Eheleute Soschnin das letzte Mal auseinandergelaufen, genauer gesagt, wegen der dreißig Zentimeter, um die Lerka den Kleiderschrank vom Fenster wegschieben wollte, damit mehr Licht ins Zimmer kam. Leonid, der wohl wußte, wie sehr sie die alte Wohnung, das alte Haus, die alten Möbel, besonders aber diesen gutmütigen Kleiderschrank haßte, wie sehr sie ihn weghaben, verrücken, verschieben wollte, in der heimlichen Hoffnung, daß er dann auseinanderfiele und man das historische Möbel verheizen könnte, Leonid leistete Widerstand, und Widerstand, das wußte er von Berufs wegen, hat gewöhnlich »Folgen«.

Im Nu war der Krach da, es gab Geschrei und Tränen, und noch am selben Abend, bei genauso scheußlichem Wetter wie heute, nahm Lerka ihr Kind bei der Hand und ging ins Wohnheim des Pharmazeutischen Instituts. Es war schon das zweite Mal, daß sie weglief. Als Apothekenleiterin, eher aber durch die Mithilfe von Leonids Kumpel Wolodja Gorjatschew aus der Kindheit, der jetzt ein großer Natschalnik war, konnte die notleidende Mutter mit ihrem Kind in dem hotelartigen Haus ein Zimmer von neun Quadratmetern beziehen, wo alle Lebensbedingungen gegeben waren: Toilette, Waschmaschine, fließend Wasser, ein Besen, ein Sofa, ein Tisch und ein Fernseher. Er war in der Wohnung geblieben, hatte jetzt viel Platz, war sein eigener Herr, genoß seine Freiheit, und der Kleiderschrank stand wie ein Fels. »Da steht er! Und da bleibt er stehen!« sagte Leonid fast feierlich, wie Peter der Große im Blick auf Rußland.

Der Gedanke an Lerka erlosch nicht, im Gegenteil, er rückte näher. Kaum war ihm wirr um die Seele, schon war er zur Stelle, wie aufdringlich! Ein Weib! Seine Frau. Ein Kreuz. Ein Kumt um den Hals. Ein Reifen. Ein Gewicht. Eine ewige Plage.

5

Die Stadt Chailowsk, in die Leonid nach Abschluß der Gebietsschule für Inneres geschickt wurde, war eine typische Kreisstadt mit fünfzehntausend Einwohnern, einer recht ruhigen, zumeist ländlichen Bevölkerung. Es gab hier Holz-, Flachs- und Landwirtschaftsindustrie. Unruhe, Aufregungen erfuhr das weit weg vom Schuß gelegene Städtchen manchmal durch das Textiltechnikum und das überregionale Erholungsheim der Holzindustrie. Mitunter, sehr selten, wurde Chailowsk vom Widerhall des modernen Fortschritts erschüttert. Diese Erschütterungen kamen meistens mit der Eisenbahn, trafen ein auf der kleinen Station mit dem vorrevolutionären, aus Holz gebauten Bahnhofsgebäude und den acht Gleisen, die immer und ewig verstopft waren mit Waggons voller Rundholz, Bretter und Balken, der Produktion des hiesigen Sägewerks.

Aber dann besuchten wichtige Amtspersonen das Städtchen. Zuerst waren es untere Dienstgrade, zurückhaltend, wortkarg, dann höhere, solider, noch zurückhaltender. Als Folge wurden auf Gleis acht ein paar Waggons aufgestellt, in denen Arbeitssoldaten mit einem Leutnant an der Spitze kampierten. Binnen dreieinhalb Monaten klotzte die militärische Einheit im Zentrum von Chailowsk ein zweigeschossiges Hotel hin, brachte Unterhaltung in das Städtchen und verschwand, ein paar Witwen in untröstlicher Trauer hinterlassend, in unbekannter Richtung.

Das Hotel wurde lange Zeit von Urlaubern und Dienstreisenden bevölkert. Einmal schneite ein Mann herein, der aus der Gegend stammte, ein berühmter Konstrukteur, dessen Getränkeautomaten in Form einer vielschüssigen automatischen Flak gebaut waren, die von den alten Landsern »dai-dai« genannt wurde. Und vor dieser Flak, wie man auch flog oder lief, gab es nirgends ein Entrinnen.

In diesem Hotel sollte Leonid Berühmtheit erwerben in ganz Chailowsk nebst Umgebung. Die Chailowsker Einwohner lebten in ihren Häusern, ebenso ihre Gäste oder Verwandte, die den Urlaub bei ihnen verbrachten. In den Hotelzimmern aber siedelte der reiche, gewandte Bevollmächtigte, der es auf die Chailowsker Holzproduktion abgesehen hatte, dort siedelte in der sonnigen Sommerzeit der Revisor vom Ministerium für Forstwirtschaft oder von der Hauptverwaltung Landwirtschaftsmechanisierung, dort siedelte der Sohn der kaukasischen Berge mit den Gaben des sonnigen, fruchtbaren Südens: Tomaten, Blumen, Obst, mit denen er den von Brennnesseln und Flußschwamm überwucherten hiesigen Markt beglückte, oder schließlich der hochnäsige Journalist der hiesigen Presse, der die Drähte des Telefons in seinem Appartement heißlaufen ließ, um Material über die fortschrittlichen Erfahrungen bei der Flachsverarbeitung und bei der Nutzung der Holzabfälle zu sammeln; Dichter und Maler fielen zumeist gruppenweise ein.

Dann nisteten sich im Hotel »Chemiker«* ein. Sie droschen Karten: Eisenarsch, Gebetbuch, morsche Henne, Buch der Könige, Schnee auf Klee, Bibel und wie die Spielkarten sonst noch genannt wurden. Gitarren klimperten, nächtlich juchzten Frauen, Zähne

* Sowjetische Strafgefangene mit niedrigen Haftstrafen können bei guter Führung bedingt freigelassen werden, mit der Auflage, auf volkswirtschaftlich wichtigen Baustellen zu arbeiten, zumeist Chemiebetrieben; daher »Chemiker«. Anm. d. Übersetzers.

knirschten, zerschlagenes Glas klirrte, Dolchklingen vibrierten surrend Vollspast, Dämon, Karton, Karzer, Basar, Klavierspielen, Küßchen-Schüßchen, kurvig, Prachtarsch, Fraß ranschaffen, klapperdürr, Pieker, Flebben, Schränker – Wörter, was für Wörter! Jargon! Das hinter Gittern, auf Knastpritschen entstandene Vokabular erschreckte das stille, hinter Wäldern und Sümpfen hausende Volk von Chailowsk.

Aber dann erschien in Chailowsk wirklich ein Dämon*! Im Nachbargebiet hatte er mit dem Brecheisen einen Inkassobeauftragten erschlagen und – so nannte sich das – vierzig Riesen und eine Kanone »abgefaßt«. »Bewaffnet und sehr gefährlich« – dieser Film lief gerade im Kulturhaus der Holzarbeiter.

Nicht des Films wegen, nein, eher wegen längeren physischen und seelischen Stillstands entschloß sich Leonid, schon vorher zitternd und sich straffend: Den schnapp ich mir! Wenn der Dämon sich in Chailowsk blicken läßt, der richtige . . .

Telefonisch erging von der Gebietskriminalmiliz Befehl, bis zur Ankunft der Einsatzgruppe nichts zu unternehmen, den Verbrecher jedoch nicht aus den Augen zu lassen. Aber der Dämon, »der Verbannung Geist«, konnte plötzlich zum Himmel auffliegen!

Leonid ersann eine raffinierte Operation. Grade brachen Sportlerhorden über Chailowsk herein. Hotel, Erholungsheim, Wohnheim des Technikums – alles war bis unters Dach vollgestopft. Das Städtchen blühte nur so von blauen Hosen und Mützchen mit ausländischen Zeichen und Buchstaben. Wettkämpfe, Stafettenläufe,

* Im russischen Gaunerjargon ein Einzeltäter, der nur vorgibt, Verbindung mit der Unterwelt zu haben. Anm. d. Übersetzers.

Lärm, Menschengedränge – ein sehr günstiger Faktor! Leonid nahm zwei Milizhelfer vom Forstwirtschaftsbetrieb mit, legte Zivil an und zog um die Mittagszeit mit einem Klappbett in das Zimmer des Raubmörders. Als der Verbrecher hereinkam und angesichts des Fremden sich spannte und bleich wurde, ließ ihm der junge Detektiv, der in einem zur Tarnung mitgebrachten technischen Fachbuch gelesen hatte, keine Zeit zum Nachdenken, er sprang vom Feldbett auf und stellte sich vor:

»Ingenieur Bestiew.» Dieser so passende Name war ihm eben eingefallen. »Alle Betten im Hotel besetzt. Körperkultur und Sport. Immer bereit. Entschuldigen Sie. Man hat mich bei Ihnen einquartiert . . .« Und kaum spürte er in seiner ausgestreckten Hand die des Dämons, preßte er sie, drehte den Arm herum, und . . . der Bandit konnte nicht einen Mucks machen, da trug er schon Handschellen!

Der Leiter der Wejsker Kriminalmiliz, grauhaarig, halbblind, aber ganz und gar aus muskulösen, großformatigen Teilen zusammengebaut, setzte Leonid auseinander, wie dumm er gehandelt hatte, er, Milizionär in einer Kleinstadt, den nicht nur sämtliche Hunde von Angesicht und von Geruch kannten! »Vielleicht war er Kampfsportler? Ehemaliger Boxmeister? Woher willst du wissen, ob der Dämon nicht Landesmeister im Freistil ist? Vielleicht Champion in sämtlichen Sportarten einschließlich Eiskunstlauf? Hast du seinen Lebenslauf studiert? Kennst du seine Kraft? Seine Reaktion? Ist er ein Reisetäter, ein ausgekochter Ganove oder ein kleiner Dieb? Ein Radaubruder? Ein schwachköpfiger Schläger? Aber mit allen Wassern gewaschen? Er hätte dich zerlegt wie ein Kiewer Fleischer! Und wir hätten dich im Leichenschauhaus wieder zusammensetzen müssen, damit du im Sarg halbwegs anständig aussiehst.«

Aber wie dem auch sei, die Bevölkerung erfuhr von der »Heldentat«, und das hörte sich dann so an, daß Leonid nicht einen debütierenden Reisetäter in Fesseln gelegt, sondern zwei erfahrene Mörder geschnappt hätte, und die wären nicht mit Pistolen, sondern mit Maschinenpistolen bewaffnet gewesen, und den einen Banditen hätte Leonid mit einem nur ihm bekannten Griff durchs Fenster des ersten Stocks geschleudert, damit der ihm nicht vor den Füßen herumzappelte, worauf ihm der zweite keine Mühe mehr gemacht hätte!

Auf den Straßen und öffentlichen Plätzen von Chailowsk hörte der Held und Detektiv immer wieder: »Das ist er!« Die Mädchen, nicht nur vom Technikum, sondern auch von auswärts, begannen ihn mit dringlichem Interesse zu beäugen und fanden in seinem Aussehen etwas ganz Besonderes, darum trachteten sie um die Wette, gerade ihn nach den Abfahrtzeiten der Züge und Busse zu fragen, erkundigten sich, wann die Imbißstube aufmache und was morgen für Wetter zu erwarten sei, gaben dabei ihrer Stimme etwas Gurrendes und verdrehten die Augen unter den geschwärzten Wimpern.

Leonid bat seine Leitung mündlich und brieflich, ihn zu versetzen, möglichst weit weg von Chailowsk. Man versprach ihm, sich das zu überlegen, aber da geriet der junge Held in eine Gefahr, nicht minder grausig als der bewaffnete Bandit . . .

Lerka war schon zweiundzwanzig und hatte noch keinen Freund gehabt, denn ihre hochnäsige Miene und die supertechnische Ausstattung ihres Körpers schreckten die Kavaliere ab. Sie hatte breite Backenknochen und schien ganz und gar aus Knien und Ellbogen zu bestehen; ihr Gesicht, ihre Hände, ihre Beine, ihre Brüste, sogar ihr Hinterteil schienen Knie und Ellbogen zu haben, und all das bewegte sich wie aufgezogen, schnell, ausdrucksvoll, ja, herausfordernd, und alles drehte sich, selbst an Stellen, wo andere Menschen nichts haben, was sich drehen kann. Lerka sprach scharf, kurz, exakt; sie blickte in die Welt, als ob sie alles darin seit langem nicht nur kannte, sondern schon in der Schule durchgenommen hatte und als ob nichts darin ihre Aufmerksamkeit verdiente. Bei all dem war sie kokett, ging »wie auf Eiern«, wie die Ganoven sagten, trug die Arme angewinkelt wie eine Aufziehpuppe, türmte unvorstellbare Frisuren auf den Kopf, trug hypermoderne Kleider, Kopftücher, Fliegermützen, Hütchen und in letzter Zeit hautenge Jeans und ein auffälliges Garibaldituch, das unterm Kinn zusammengeknotet wurde. Die Chailowsker Kavaliere nannten Lerka »Primadonna« und stolzierten »in ihrem Stil« über den Bahnsteig, wobei sie alles schwenkten, was sich nur schwenken ließ, aber sie traten ihr nicht näher, es gab ja genug andere »Knitten«.

Dringlichere, praktische Aufmerksamkeit wandten ihr die »Chemiker« zu, die sie für ein Flittchen hielten. Lerka, die in Wejsk Pharmazie studierte, fuhr an ihren freien Tagen zu den Eltern in das Dorf Poljowka, zwanzig Kilometer von Chailowsk, neun Werst von Potschinok, ins Zentralgut des Kolchos, und als sie eines Tages auf den Bus wartete, der sie in die heimatlichen Gefilde bringen sollte, drängten die »Chemiker« sie von den übrigen Wartenden ab, zerrten sie zum Zaun zwischen dem Zeitungskiosk und der Kantine der Forstwirtschaft und fingen an, ihr die Hosen herunterzuziehen. Die Hosen aber waren Jeans, die ließen sich selbst bei Einvernehmen nicht so einfach herunterpellen, und wenn Widerstand geleistet wurde, erforderte das erst recht Zeit und Können. Leonid kam zu seinem Pech gerade von dem Forstrevier zurück, wo er am

Lohntag eine ganze Nacht lang die Holzfäller befriedet hatte. Er stieg aus dem Zug, haute das Fräulein heraus und brachte es in das Dienstzimmer, wo er ihm Wasser zu trinken gab.

»Die Leute an der Haltestelle! Sowjetmenschen, alle von hier, und keiner, keiner hilft! Gemein! Alle sind sie gemein!« schrie Lerka hysterisch.

Natürlich war das gemein. Wer wollte das leugnen oder abstreiten? Die Leute an der Haltestelle waren gemein und die »Chemiker« sowieso, aber nun war der Bus nach Potschinok weg, und der nächste fuhr erst morgen. Was tun?

Hinter Leonid lag eine schlaflose Nacht. Er war todmüde. Der junge Organismus verlangte nach Erholung. Brjusgin von der Bahnmiliz würde das Fräulein sofort aus dem Dienstraum weisen, kaum daß Leonid den Bahnhof verlassen hätte, denn seine Gattin wog einhundert Kilogramm, war aber eifersüchtig für zweihundert und pflegte den Lebenswandel des Bahnmilizionärs alle zwei Stunden zu überprüfen. Auf den Bahnhofsbänken lümmelten Freunde der »Chemiker« oder ihnen ähnliche Kumpane, die über die Anwerbungsbedingungen nachdachten: Sollten sie in den Chailowsker Forstwirtschaftsbetrieb einsteigen oder weiterziehen ins Landesinnere? Leonid mußte Lerka mitnehmen in sein Junggesellenstübchen, das er im Wohnheim des Forstwirtschaftsbetrieb bekommen hatte. Er breitete den Uniformmantel auf dem Fußboden aus, wickelte den Kopf in eine fiskalische Matrosenjacke, bedeckte sich mit dem Regencape, wies dem Fräulein die fiskalische Bettstatt mit den harfenartig klimpernden Sprungfedern zu, und kaum hatte sein Kopf die Unterlage berührt, da versank er schon in dem tiefen, süßen Reich des Schlafs.

Und er hätte aus diesem alles lindernden, seligen

Reich nie zurückkehren dürfen in das ewig summende Wohnheim, in das schmale Stübchen mit dem fiskalischen gelben Gardinchen, auf dem ein dicker schwarzer Inventarstempel saß, mit dem fiskalischen Bett, auf dem ein Laken, gleichfalls mit Stempel, lag, mit der Teekanne oder Deckel und ohne Stempel, mit dem Emaillebecher, den verbogenen Kantinengabeln, dem Köfferchen im Winkel und dem Bücherstoß auf dem Fensterbrett.

Er rieb sich die Augen und sah zu seiner Verwunderung dies: Auf der fiskalischen Pritsche, von der ein harfenartiges Klingen ausging, lag schlafend – der Kopf war von dem mit Flachsabfällen gestopften flachen Kissen heruntergeglitten – das Fräulein, das keinerlei Ähnlichkeit hatte mit dem Mädchen, das sie in der Öffentlichkeit darzustellen pflegte. Sie atmete gleichmäßig mit leicht geöffnetem tiefrotem Mund, träumte einen Traum, der sehr weit weg war von der groben Wirklichkeit, ihre beflaumte Oberlippe deutete ein flüchtiges, ja, träumerisches Lächeln an, die geschlossenen Wimpern zuckten, Röte stieg in die Wangen, und die Arme und Beine zeigten keine Hast, nichts hastete, nichts zappelte, alles war entspannt, lag friedlich in vertrauensvoll tiefem Schlaf. Die Sonne, die in freudiger Blendung Wärme durch die Vorhänge auf die Schlafende schoß, spielte, neckte, kitzelte sie. Ihre schicken Jeans hatte Lerka ausgezogen, denn das Haus wurde wie im Winter geheizt, da es Holzabfälle reichlich gab, dabei war noch Herbst, Ende des Altweibersommers, und dem Mädchen war heiß geworden von der Sonne und den feucht zischenden Heizkörpern, sie hatte das Mäntelchen zu Boden geworfen, ihre Knie lagen entblößt und waren keineswegs spitz und raufustig, sondern rund, mit glatter reinweißer Haut, und darauf hüpfte kosend wie ein Kätzchen ein Sonnenfleck.

Leonid streckte die Hand aus, um die Besucherin zuzudecken, und in diesem verhängnisvollen Moment wachte sie mit einem Ruck auf. Schuldbewußt, erschrocken sah sie sich um. »Wo bin ich?« Doch da fiel es ihr wieder ein, sie lächelte, wischte den Mund, streckte sich selbstvergessen.

»Schläft sich gut im Schutz der Miliz!« Sie zauste ihm die hellbraunen Haare, die er erst gestern im Dampfbad des Forstwirtschaftsbetriebs mit Shampoo gewaschen hatte. »Weich wie Seide!« sagte sie mit einer Stimme, die fast schluchzend klang.

Was kann man von gut ausgeruhten jungen Leuten schon erwarten! Nur Dummheiten und sonst nichts.

Lerka verweilte nun immer öfter zwischen Stadt und Land, verwirklichte das Bündnis im buchstäblichen Sinne des Wortes. Es kam so weit, daß sie ihm die freien Tage verdarb, denn es lockte sie nicht mehr, die Wochenenden in ihrem halbleeren Heimatdorf Poljowka unterm elterlichen Dach zu verbringen. Die Sache endete so, wie sie in solchen Situationen zu enden pflegt. Die jungen Leute erschienen in Poljowka, reif für ein freiwilliges Schuldgeständnis. Leonid als Milizionär, als Amtsperson, war es gewohnt, die verschiedensten Menschen kennenzulernen, und meistens vergaß er sie gleich wieder, aber in Poljowka lagen die Dinge anders. Jewstolija Sergejewna Tschastschina hatte sich die Lippen angemalt und ein neues strenges Nadelstreifenkostüm, Kapronstrümpfe und anisfarbene Schuhe angezogen. Leonid glaubte, das wäre zu Ehren eines Festes, eines Geburtstags vielleicht, geschehen, doch nein – zu Ehren ihrer Ankunft. Jewstolija paßte einen geeigneten Moment ab, führte den Gast in den Garten, zeigte ihm die Frühbeete, die Bienenstöcke, das Dampfbad, den Brunnen, und dann verkündete sie geradeheraus: »Ich hoffe, wir intelligenten Menschen verstehen uns.«

Leonid sah sich um, suchte im Garten nach intelligenten Menschen, doch es waren keine zu sehen, und da ging ihm auf, daß mit den intelligenten Menschen er, Leonid Wikentjewitsch Soschnin, und Jewstolija Sergejewna Tschastschina gemeint waren. Dieses Wort hatte ihn schon immer sehr verwirrt. Hier in dem lächerlichen Garten, in dem halbzerfallenen Dorf, empfand er es geradezu wie einen Keulenschlag. Er nahm sich vor, von dem Honigbräu, wie man ihn auch nötigte, nichts mehr zu trinken und im erstbesten günstigen Moment mit dem Milizmotorrad abzubrausen.

Jewstolija deutete seinen Schreck auf ihre Weise und redete nun schon ohne freundliche Stimmnuancen, ohne jedwede Weiberschmeichelei dahingehend, daß ihre Tochter ein einzigartiges Menschenkind sei, daß sie einen weit wichtigeren Lebensweg einschlagen und ein verantwortlicheres Schicksal erwarten könne, doch da es nun einmal so gekommen sei – er habe ja solchen Edelmut bewiesen und solle, wie man gerüchtweise höre, überhaupt ein heldenhafter Mensch sein –, vertraue sie ihm . . .

»Warum hier?« stammelte der »heldenhafte Mensch«. »Ich bin bereit . . . in Gegenwart Ihres Mannes . . .«

»Was hat der damit zu tun?« sagte Jewstolija verblüfft. »Der darf hier wohnen, damit kann er zufrieden sein.«

Hätte Leonid sich nur mit beiden Ohren genau in diesen so entschieden geäußerten Gedanken hineingehört, hätte er ihn nur in sich aufgenommen und, nachdem er ihn in sich aufgenommen, sich über den Zaun geschwungen, das fiskalische Motorrad bei den Hörnern gepackt und auf seine Dienstmütze gepfiffen! Er konnte ja sagen, sie wäre ihm während der Fahrt weggeflogen, dann bekäme er eine neue. Aber das hier war was anderes, als einen Dämon niederzuwerfen! Das war einfach gewesen: krach – den Verbrecher auf den Fußboden, und schon war Ruhe! Hier aber trottete er wie ein Bullenkälbchen an der Leine hinter Jewstolija her ins Haus, stand dann am überheizten Lehmofen, drehte die schmucke Milizmütze in den Händen: »Also, ich bitte . . . nämlich . . . Ach, ich bitte . . . äh . . . um die Hände . . .« Er wollte noch scherzen: Und um die Beine auch! Aber er drehte und drehte die Mütze mit dem bitteren Gefühl eines Menschen, der zum unbefristeten Verlust der Freiheit ohne das Recht auf Begnadigung verurteilt ist, noch ehe er seine erste Milizmütze abgetragen hatte. Am Ende hielten sie ihm noch eine Ikone an die Stirn! Und keiner da, der ihm helfen könnte: nicht Vater, nicht Mutter, nicht einmal die Tante, er war Vollwaise, und sie machten mit ihm, was sie wollten . . .

Im Hause der Tschastschins hatte Jewstolija die Macht. Nach Fotos, Zeitungsausschnitten und Erzählungen zu urteilen, hatte sie eine ziemlich stürmische Jugend hinter sich: Sie war in einem Agitationszug über Land gefahren, ein rotes Tuch um den Kopf, hatte die Bauern nicht nur mit ihren Reden beunruhigt und aufgestört, war dann für »Überspitzungen« in die Chailowsker Flachsfabrik, die eher ein Fabrikchen war, versetzt worden, um dort Gewerkschaftsarbeit zu machen, war jedoch mit dem nächsten Aufgebot in ihr Heimatdorf zurückgekehrt, um den Durchbruch zur Kollektivierung zu bewerkstelligen, hatte eine Lesestube und einen

Klub geleitet, und es hatte eine Zeit gegeben, in der man sie sogar als Kolchosvorsitzende verwendete. Aber zu dieser Zeit hatte sie das Arbeiten schon gänzlich verlernt, verspürte auch keine Lust mehr, darum wurde sie ständig auf Posten gesetzt, wo sie viel reden, lehren, raten und kämpfen konnte und sollte, ohne dabei auch nur das geringste zu tun.

Leonids demütiger, herzensguter Schwiegervater Markel Tichonowitsch Tschastschin faßte eine starke Neigung zu dem Schwiegersohn, wie Eltern, die ihr Kind in der Blockade verloren und schließlich in reifem Alter wiedergefunden haben. Alles, was er einem Sohn geben konnte: Liebe, Herzenswärme, Fertigkeiten in der unauffälligen ländlichen Arbeit, handwerkliches Können, das in der Wirtschaft so sehr gebraucht wurde, all das wollte Markel seinem Schwiegersohn angedeihen lassen. Leonid, der keine Erinnerung an seinen Vater hatte und in einem wenn auch gesunden, so doch weiblichen Kollektiv aufgewachsen war, nahm den Ruf des Vaterherzens bereitwillig auf. Und was für eine lichtdurchflutete Seele öffnete sich ihm, mit welch ungestümer männlicher Anhänglichkeit belohnte ihn das Schicksal!

Leonid redete den Schwiegervater mit Papa an. Markels Seele jauchzte, denn Leonid nannte seine Schwiegermutter nur beim Vor- und Vatersnamen. »Die«, »sie«, »die da«, »das da« – das ist nur eine kurze Liste der Interjektionen, mit denen Markel seine Hausgenossen bezeichnete; Frau und Tochter mit ihrem Namen anzureden vermied er geflissentlich, das war viel zu lang, zumal seine Tochter »nicht seinen« Namen trug, er hatte sie Jewdokija taufen wollen, zu Ehren seiner Großmutter, aber seine Frau, übergeschnappt von der Kulturarbeit, hatte ihr den Namen Eleonora gegeben

– nun sprich mal solch einen Namen aus, der für eine Kuh oder eine Ziege getaugt hätte.

Jewstolija war wegen ihrer Hast, ihres Tabakgeruchs und ihre säuischen Flüche bei den Bienen verhaßt. Markel hielt drei Völker für die Privatwirtschaft. Wenn seine Frau in den Garten kam, wo in einer Ecke unter hohlen Linden die Bienenstöcke standen, öffnete er sogleich die Fluglöcher, und schon jagten die Bienen die Hausfrau ins Klohäuschen oder in die Diele. Im Dampfbad wusch sich Markel allein, und er ließ seine Gattin auch nicht zur Heumahd, die würde das Heu bloß zertrampeln und zermanschen, und dann würde die Kuh es verschmähen, auch Holz sägte er allein, und er hörte seiner Frau nie zu, wenn sie über alle möglichen Zipperlein klagte, er sah sich im Fernsehen Sendungen an, die nach ihrem Verständnis unzüchtig waren: Eiskunstlauf und Ballett, und es läßt sich denken, daß er seinen ehelichen Pflichten schon längst nicht mehr nachkam. Die Gattin, darüber erbittert, spionierte ihm nach und hatte den alten Wüstling, der mit anderen Weibern »rummachte«, schon ein paarmal ertappt.

»Mir fällt nichts aus der Hand, Leonid; mein Alter, Gott hab ihn selig, hat mir schon als Kind jede Arbeit beigebogen, denn auf dem Land geht's nich ohne Handwerk, wenn alle bloß mit den Händen fuchteln wolln und Reden halten – soviel Rednerpulte gibt's gar nich! Im Krieg, wo's Weg und Steg nich gab, da hab ich dem einen die Schuhe geflickt, dem andern den Rasierapparat repariert, ich hab Fuhrwerke ausgebessert, Räder gebunden oder Buchsen, Achsen, Deichseln gemacht, oder wenn was zu kochen war, Suppe, Kascha, Kartoffeln, oder ein Pferd pflegen, eine Blockhütte bauen, ein Feuernest decken – ich hab alles gekonnt. An der Front, Leonid, da sind Worte gar nichts wert, denn du bist dauernd zwischen Leben und Tod. Ob du's glaubst oder nich, Leonid, in der Kompanie haben sie mich höflich Tichonowitsch angeredet, nich wegen meines Alters, ach wo, ich war in den besten Mannesjahren, nein, nur aus Achtung, aus Respekt, ich hab auch als erster in der Kompanie eine Medaille gekriegt, als die noch nich säckeweise an die vorderste Linie gekarrt wurden. Und überhaupt, Leonid, ich denk mir, unser Staat braucht ehrliche Arbeitsmenschen und nicht Schwätzer und Herren. Solche Quatschköpfe wie meine Alte haben das Dorf verbrüllt. Der Krieg und die Quatschköpfe haben es dahin gebracht, daß unsere Dörfer und Äcker menschenleer geworden sind.«

Jewstolija spürte den Bund der beiden Männer, der viel fester war als ein Frauenbund, und wollte zum Sturmangriff übergehen, aber ihr Schwiegersohn war unzugänglich, er verteidigte sich und den Schwiegervater:

»Jewstolija Sergejewna, wenn Sie an mir oder Papa etwas auszusetzen haben, dann äußern Sie das nicht im Laden und auf der Erdbank bei fremden Leuten, sondern hier zu Hause, und beleidigen Sie Papa nie wieder in meiner Gegenwart, Sie bringen ihn noch ins Grab, und ohne ihn geht ihr binnen einer Woche zugrunde.«

»Wer ist das – ihr? Wer ist das – ihr?« zeterte Lerka.

»Du und deine Mutter.«

»Und was ist mit dir? Du bist mein Mann!«

»Ich, dein Mann, und ihr beiden Frauen, wir alle hängen noch immer Papa am Hals, und bald kommt ein Enkel dazu.«

Die Männer suchten die Einsamkeit. Im Wald sägten sie langscheitiges Brennholz und fuhren es heim, sie mähten Heu, saßen in der Zwischensaison am Fluß bei ihren Hand- und Wurfangeln, oder sie legten bei den Sandbänken und in den Buchten Reusen aus.

»Was soll das schon wieder! Alle Welt arbeitet, aber meine Hengste sitzen da und bewachen den Fluß!« brüllte die Tschastschinsche, daß es durch die Welt schallte, und kam am Zaun entlang zum Fluß herunter, in der Hand ein Kindereimerchen, denn einen erwachsenen Eimer konnte sie angeblich nicht mehr heben.

Markel suchte sich aus dem angeschwemmten Bruchholz einen Knüppel heraus, maß ihn in der Hand, ging schweigend seiner Gattin entgegen und schmetterte ihn ihr über den breiten Rücken, daß es nur so knallte. Die ganze Umgegend erstarrte, als wäre das Weltende angebrochen: Die Kühe auf der Wiese unterbrachen ihr Wiederkäuen, die Schafe stampften und drängten und liefen auseinander, und das Kolchospferdchen mit dem durchgescheuerten Fell voller Flechten auf dem Rücken beugte verwirrt den Kopf zum Wasser, obwohl es gar keinen Durst hatte – ich sehe nichts, ich höre nichts. Ein erfahrenes Pferd.

Die Tschastschinsche schien zunächst hineinzulauschen in sich und in die Welt, die sie umgab, dann schnappte sie ein paarmal nach Luft und fragte: »Du schlägst mich? Miiich schlägst du . . .« Doch noch ehe sie losbrüllen konnte, zog Markel ihr zum zweitenmal den Knüppel über.

»Ich war viermal verwundet. Ich hab bei der Gardeinfanterie die Faschisten geschlagen! Ich hab zehn Auszeichnungen in der Truhe! Und du blamierst mich vor meinem Schwiegersohn!« Klatsch und klatsch, immer Jewstolija übers Kreuz.

»Miliz!«

Leonid haute gerade eine Plötze an und zog das brave

Fischlein zum Ufer. Miliz war er, wenn er Dienst hatte, hier war er Schwiegersohn und Angler und hatte wie alle sowjetischen Bürger das Recht nicht nur auf Arbeit, sondern auch auf Erholung – laut Verfassung.

Der Vorsitzende des Dorfsowjets, auch ein alter Frontkämpfer, der von vornherein Solidarität für alle Frontkämpfer empfand, bekam von Jewstolija eine schriftliche Anzeige gegen ihren eigenen Ehemann. Nachdem er sie überflogen hatte, erklärte er:

»Ich staune, daß dein Mann dich noch nicht totgeschlagen hat. Ein Früchtchen wie dich hätt ich schon in der Hochzeitsnacht abgemurkst und wär freiwillig ins Gefängnis gegangen.«

Das von allen geliebte einzige Kind Sweta hielt die Familie eine gewisse Zeit zusammen, aber Lerka versorgte die Tochter, sich selbst und ihren Mann schlecht. Das Dorfmädchen hatte von der schwatzhaften Mutter nichts gelernt, sie konnte nicht mal eine einfache Suppe kochen, ihr Grießbrei für das Kind war immer klumpig; wenn sie Wäsche wusch, spritzte sie die Wände voll, wenn sie den Fußboden wischte, stand eine Pfütze im Zimmer, unterm Bett lag Staub, aber dafür wußte sie sehr komische Witze zu erzählen, machte sich stark für die Laienkunst des Instituts und schrie Majakowski von der Bühne.

Solange Tante Lina noch lebte, hielt sie Lerka die Scheußlichkeiten des Alltags fern, und die Erziehung Swetas kam voran, obwohl sich die emanzipierte Mutter dagegen sträubte, denn ihr mißfiel, daß die Tante das Kind dörflich kleidete, ihm eine Frauenmütze aufsetzte und ihm selbstgestrickte derbe Wollsocken anzog, daß sie es im Waschtrog badete und ihm den Kopf kahlschor, damit die Härchen kräftiger würden, und daß sie ihm Kohlsuppe mit Kartoffeln zu essen gab. Wenn schon Linas eigenes Leben durch die unvernünftige Verbindung vor ihrer Ehe verdorben war, sollte wenigstens das Kind zu einer einzigartigen Persönlichkeit heranwachsen, ähnlich den Wunderkindern der Syrokwassowa, damit es für Zeichnungen, für Chorgesang oder gymnastische Übungen Urkunden bekäme, damit die Zeitungen über Sweta schrieben und das Radio über sie berichtete.

Leonid Soschnin setzte seiner Frau auseinander: »Die Medizin behauptet, die Gesundheit ist das wichtigste, so laß uns dem Kind wenigstens die Gesundheit bewahren.«

»Wie sollen wir das machen?«

»Das macht Tante Lina. Sieh mich an und überzeug dich, daß sie das sehr wohl kann. Ich habe keine Allergie und keine Pneumonie, ich habe nicht mal Zahnschmerzen.«

»Du bist ein Stier. Und du lebst wie ein Stier!«

Das Leben ist vielfältig, mal gewinnst du, mal verlierst du, wer soll das voher wissen! Eines Tages begaben sich die Eheleute ins städtische Dampfbad, und hinterher, schlaff, rein an Körper und Seele, friedlich gestimmt, wollten sie noch auf den Markt gehen, um für Sweta Rosinen zu kaufen und für sich Wjatkaer Gürkchen aus dem Eichenfaß. Leonid hatte den Ellbogen gespreizt wie einen Henkel, und seine Gattin hatte die Hand im Lederhandschuh hineingehängt. Sie gingen, plauderten. Glückliche Sowjetmenschen genossen an ihrem freien Tag die wohlverdiente Erholung, blickten die Menschen freundlich an, und der Milizionär, dem die Wachsamkeit verlorengegangen war, übersah, daß unter dem Eingangsbogen des Marktes mit der Aufschrift »Herzlich willkommen« die betrunkene »Mülltonne« tanzte und grölte und jedermann anpöbelte. Ihre Lippen waren rotfleckig, ihre Haare gelblich, rötliche Farbflecken zierten Ohren und Stirn. Bösartig-lustig, vergnügte sich die »Mülltonne«, amüsierte das Volk gratis. Leonid, kaum daß er sie erblickte, fühlte, wie sich in seiner Brust und in seinem Bauch alles zusammenkrampfte. Er hatte diese Schönheit so manches Mal aus ihrem »Bett«, einem Bahnhofswinkel, herausholen und ins Ausnüchterungshaus verbringen und, als sie dort nicht mehr reingelassen wurde, vom Markt jagen und aus der Stadt aussiedeln müssen.

Die »Mülltonne« war ein nachtragendes, rachsüchtiges Geschöpf. Sie hatte das Ehepaar schon von weitem erspäht.

»Ah, da kommt ja mein Blauäugiger!« begrüßte sie den jungen Mann, als hätte sie die neben ihm gehende Lerka nicht bemerkt. »Du hast mich läääangst vergessen! Total vergessen! Hast mich vertauscht gegen diese Steißwacklerin! Eijeijei! Betrüger seid ihr Kerle allesamt, hinterhältige Betrüger!« Und, gegen Lerka eine Schnaps- und Tabakwolke rülpsend, klagte sie: »Diese Schufte, sie vergessen alles Gute!«

Lerka riß die Hand aus dem Arm ihres Mannes, ließ den Handschuh fallen und lief, die Hände vorm Gesicht, vom Markt.

»Der Muska von der Ziegelei steigt er jetzt nach!« brüllte die »Mülltonne« ihr hinterher. »Paß bloß auf, daß er dir nicht ein schönes Geschenk mitbringt . . .«

Zu Hause eine stürmische Szene, die mit einem Handgemenge endete.

»Du Schuft!« schrie seine Frau. »Was bist du für ein Schuft!« Und – krach! – ihrem Mann ins Gesicht.

Er faßte die Hand seiner Frau mit schmerzhaftem Griff und zwang sie auf den Fußboden.

»Mach das ja nicht noch mal . . . Primadonna!«

»Au, du renkst mir den Arm aus, du Bestie!«

»Aber Kinder! Meine Lieben! Was ist denn passiert!« rief Tante Lina und tappte um sie herum.

Nach Tante Linas Tod lieferten die Soschnins ihre Tochter Sweta immer öfter in Poljowka ab, gaben sie in die karge Obhut und ungeschickte Pflege der Großmutter. Ein Glück, daß es außer der Oma auch noch den Großvater gab, er ließ nicht zu, daß das Kind mit Kultur gequält wurde, er lehrte seine Enkelin, die Bienen nicht zu fürchten, sie mit einer Blechbüchse einzuräuchern, Blumen und Kräuter zu unterscheiden, Späne zu sammeln, Heu zu harken, das Kalb zu hüten, Eier aus den Hühnernestern zu holen, er ging mit ihr Pilze und Beeren sammeln, Beete jäten, mit dem Eimerchen Wasser vom Fluß holen, ließ sie im Winter Schnee schippen, den Garten freifegen, mit dem Schlitten rodeln, mit einem lebendigen Hund spielen, die Katze streicheln, die Geranien am Fenster gießen.

Die Leere nach Tante Linas Tod ließ sich mit nichts füllen, doch sie mußte sich füllen nach den Gesetzen der Physik. Gereiztheit und finstere Schwermut besiedelten die Leere, und Finsternis ist der richtige Platz für das schwarze Böse. Alles an seiner Frau reizte Leonid, selbst solche Kleinigkeiten wie Küchenangelegenheiten, auf die ein Mann entweder gar nicht achten oder mit einem Scherz reagieren sollte, war er doch für seinen Humor und seine Toleranz, die Tante Lina und Tante Granja ihm anerzogen hatten, immer geschätzt worden – in der Schule, in der Gebietsschule und auf Arbeit, andere Tugenden besaß er ja nicht.

Lerka dagegen machte es wütend und wahnsinnig,

daß dieses Nichts, dieser Zögling der verrußten Bahnhofssiedlung, Tag und Nacht Bücher las, angeblich sogar in deutscher Sprache, was natürlich Schwindel war, und sogar selbst heimlich etwas auf Papier kritzelte. »Du bist mir ein schöner Lew Tolstoi – mit siebenschüssiger Pistole und rostigen Handschellen im Gürtel.«

»Halt den Mund, Primadonna!«

»Bulle! Polyp! Schmiere! Wie drücken sie sich noch aus, eure teuren Kunden?«

Wie so viele Frauen heutzutage, war auch Lerka von Gott nachtragend geschaffen worden. Die Literatur behauptet: Eine schöne Frau ist in kleinen Teilchen auf viele Frauen verstreut, eine schlechte und tückische Frau aber steckt immer in allen. Oh, diese Literatur! Mal lügt sie, mal sagt sie die Wahrheit. Sie sollte doch den Leuten mal erzählen: Wo bleibt all das Schöne, wovon die jungen Mädchen soviel haben, wenn sie erst zu Weibern geworden sind?

Es war gut und richtig, daß sie sich getrennt hatten. Sich gegenseitig zu quälen hat keinen Zweck. Jetzt konnte er seine Ruhe genießen, lesen, Tee aus der Tülle trinken und den Kleiderschrank stehen lassen, wo er stand. Er brauchte nirgends hinzugehen, er brauchte keinen einzuladen. Er konnte den Fußboden wischen, er konnte es auch bleibenlassen. Er konnte sich Essen kochen oder auch nicht. Er konnte barfuß über den Fußboden laufen und sich über den Kopf streichen, er konnte nächtelang Papier vollkritzeln, ohne sich vor jemand zu genieren. Das Geheimnis des Schaffens! Was war das für eine Seuche! Da regte sich etwas im Kopf, kleine Gedanken kratzten an die Schädeldecke, ließen ihn nicht schlafen, erfüllten ihn mit Unruhe. Da er gänzlich frei und ohne Kontrolle war, schrieb er eines

Tages das Wort »Erzählung« auf das Papier. Anfangs erschrak er, hatte er doch das gleiche Wort hingeschrieben, das auch Tschechow und Tolstoi benutzt hatten, dann gewöhnte er sich. Die Primadonna hatte ihn verhöhnt, aber die Sünde war nun mal begangen, und süß, süß wurde ihm ums Herz. Und furchtsam und sorgenvoll. Fast genauso furchtsam wie damals, als Kosaken-Lawrja ihn, den Zehnjährigen, in den Fluß Wejka warf und sagte: »Wenn du leben willst, schwimmst du.«

In solchen Qualen, in heimlicher Schriftstellerei würde er sich Lerka und sie sich ihm entfremdet haben, und in der Welt wären eine gescheiterte Familie und ein vaterloses Kind mehr gewesen. Aber dann, nach der ersten Trennung, traf ihn das Unglück.

Lerka hatte nicht alles von ihrer Mutter. Irgendwo, wenn auch nur an der Seite, wenn auch nur äußerlich, wenn auch nur an den Rippen, klebten die Gene des Vaters, und Gene stellte sich Leonid immer so vor wie die völlig zerkochte Nudelsuppe in der Kantine der Forstwirtschaft. Irgendwo in dieser Pampe schwamm, wiederum wie das Fleisch in der Kantinensuppe, eine Rindssehne von der Größe eines Sperlingskötels, die von den gegen Mißbrauch kämpfenden Mitarbeitern des Nährwesens vergessen worden war, die seit Jahrhunderten in Rußland verbreitete, mit vielen Methoden eingebürgerte Regel herum: einen Menschen im Unglück nie im Stich zu lassen. Und solange es auf der Welt Menschen gab wie Markel Tschastschin, würde diese Regel lebendig bleiben und unsere Nation festigen. Lerka zeigte eine verblüffende Selbstaufopferung: Zuerst starrte sie ihren Mann erschüttert an, dann fing sie so an zu wirtschaften, daß ihr was runterfiel und zerbrach. Als Grischa Peretjagin ihm das Bein angenäht und Leonid alles ausgekotzt und sich so weit berappelt hatte, daß er wieder ein wenig denken konnte, stellte ihm Lerka, bevor sie ihm Wasser und Brühe zu trinken gab, ein Ultimatum: weg von der Miliz, ran an die Schriftstellerei!

»Und wer soll uns ernähren?«

»Ich!« schnauzte die aufopfernde Lerka ohne Zögern. »Ich! Unsere Eltern! Du kannst bei deinem geliebten Papa sitzen und schreiben. Kartoffeln satt, Fleisch und Milch sind da, was braucht ein Schriftsteller noch?«

Er wußte ihr Opfer zu schätzen und entdeckte in sich die entsprechende Fähigkeit zu vergeben. War Unglück denn wirklich das beste Mittel zur Selbsterziehung? Die Eheleute verziehen einander, söhnten sich aus, aber von der Miliz ging Leonid dennoch nicht weg, er tat das wie immer mit einem Scherz ab: Wenn alle weggingen und sich eine andere Arbeit suchten, und sei es die Schriftstellerei, dann würden sich die »Chemiker« nicht mehr hinter Kiosken verstecken, sondern am hellichten Tag in aller Öffentlichkeit den Leuten die Hosen herunterpellen.

Und wieder beschirmte das Dach des Hauses Nummer sieben in der Eisenbahnersiedlung, das für den Abriß vorgesehen, gottlob aber inmitten der Hochhäuser vergessen worden war, den jungen Künstler des Wortes vor Regen und Stürmen. Solche Häuser sind bestens angetan, sich darin zu bergen vor Stürmen und Ehefrauen, in der egoistischen Hoffnung, nicht gar so bald die alte Wohnung gegen eine neue tauschen und Lerka mit der Tochter darin aufnehmen zu müssen, um seinen familiären Verpflichtungen wenigstens teilweise nachzukommen.

Wenn er sich bedrückt fühlte, las er immer wieder in

einem Buch, das ihm Professor Chochlakow geschenkt hatte, las darin wie in der Bibel, er hob die Hand, griff das Buch vom Regal, schlug es beliebig auf und . . .

»Wehe! Meine Augen sind des einzigen Lichts beraubt, das ihnen Leben gab, sie haben nur noch Tränen, die ich zu dem einzigen Zweck benutze, unaufhörlich zu weinen, seit ich erfuhr, daß Sie sich endlich zur Trennung entschlossen haben, die für mich so unerträglich ist, daß sie mich in kurzer Zeit ins Grab bringen wird.«

Die Leute hatten ein Leben, was? Leonid kratzte sich den Hinterkopf, als er dieses Buch zum erstenmal las.

»Ich habe mich gesträubt gegen die Rückkehr ins Leben, welches ich Ihretwegen verlieren muß, da ich es nicht für Sie bewahren kann. Ich tröste mich mit dem Bewußtsein, daß ich vor Liebe sterbe . . .«

Nun kratzte er sich nicht mehr nachdenklich den Hinterkopf, sondern strich sich bestürzt über den Kopf, denn er spürte, wie die Briefe der Nonne an ihren Geliebten ihn in eine höchst ungewohnte, doch zugleich lockende, schmachtend-süße Qual hineinzogen. Er ruckte mit den Schultern, um die Lockung des schmeichelnden Märchens abzuschütteln und innere Widerstandskraft zu finden gegen solchen Humbug, auf den er als Kind hereingefallen war. Heute aber . . . Er war ein moderner Mensch, dickfellig, gekräftigt an Knochen und Sehnen von der Arbeit bei den Organen, die Tag und Nacht alles andere als demütige, nonnenhafte Amtshandlungen vornahmen, er hatte die »Mülltonne« ins Kittchen geschleift und den Dämon unschädlich gemacht, der zwar unerfahren, gleichwohl mit Schreibereien nicht zu fangen war, er hatte, wenn auch nur in den allerersten Anfangsgründen, die Geheimnisse des Wortes kennengelernt, sozusagen Berührung gehabt mit . . .

»Ob ich irgendwann einmal frei sein werde von Leiden,

wenn ich Sie nicht sehe? Was ist das? Ist das nicht eine Belohnung, die Sie mir dafür schenken, daß ich Sie so zärtlich liebe? Aber was auch geschehen mag, ich bin entschlossen, Sie mein Leben lang zu vergöttern und nie einen anderen anzusehen, und ich versichere Sie, daß auch Sie gut daran tun werden, keine andere mehr zu lieben. Leben Sie wohl. Lieben Sie mich immer und lassen Sie mich noch mehr Qualen erleiden.«

Indem er sich dem allesbezwingenden Willen oder der Willkür des Wortes auslieferte, genoß er lustvoll die mit Hilfe des naiven, so schutzlosen Wortes geschaffene Musik, gab sich diesem kindlichen Geschwätz hin und wurde sich vielleicht zum erstenmal, wenn auch entfernt, bewußt, daß das Schreiben ein Geheimnis ist.

Das Buch bestand aus fünf Briefen, dann folgten Ergänzungen, Antworten auf die Briefe, Nachahmungen, Gedichtumsetzungen, umfängliche Kommentare. Leonid war klug genug, nicht in die hinteren Teile des Buches hineinzuschauen und in der Seele nicht die Musik zu löschen, die ihn nicht bestürzte oder erfreute, sondern ihn über die Erde erhob, über diese viel zu laut polternde und brüllende moderne Welt. Nicht daß er sich schämte, aber er fühlte sich unbehaglich, peinlich berührt, eingeengt, in ihm bewegte sich etwas, drängte hinaus wie der Kleiderschrank, und wohin er sich auch wandte, er blieb mit einem Gedanken oder mit der Hose daran hängen. Ein Satz zitterte, pulsierte, klopfte und klopfte wie ein Äderchen an der zarten Kinderschläfe: »Aber wie können Sie glücklich sein, wenn Sie ein edles Herz haben?«

Den ehemaligen »Bullen« packte manchmal etwas wie Furcht oder so etwas Ähnliches, was ihm den Rükken steif werden ließ und ihn zwang, sich erschrocken umzudrehen, und im Schlaf oder im Wachen reifte der feste Entschluß: loszugehen, den Franzosen zu suchen, der die herrlichste Frau der Welt verlassen hatte, ihn nach Art der Miliz derb am Schlafittchen zu packen, ihn in die stille Klosterzelle zu schleppen und ihn mit der Nase an die warmen Knie der Frau zu stoßen – da, du windige Seele, lerne zu schätzen, womit verglichen alles übrige in der Welt Staub und Tand und billiges Zeug ist . . .

6

Sweta, das schwächliche Kind unserer Zeit, das leicht Erkältungen und Allergien bekam, wurde mit Eintritt der kalten Jahreszeit krank. Im Dorf, in der wilden Freiheit, die nicht von Kindergartentanten und Tageseinteilungen eingeengt war, pflegte sich das Kind physisch zu erholen und vergaß allmählich Tischzeremonien, Zeichnungen, Gedichte und Reigentänze. Es tummelte sich im Freien, spielte mit kleinen Hunden, raufte sich mit den Dorfkindern, bekam ein rundes Gesicht und sang das verwegene Kampflied seiner Großmutter: »He, Kommandeure, Maschinengewehre! Feuer, Batterie – mit voller Energie!«

Wieder einmal kam zur stillen Freude des Großvaters und zur stürmischen und unvernünftigen Begeisterung der Großmutter die kranke Enkelin ins Dorf Poljowka. Der junge Papa war unterwegs müde geworden von den Fragen des Kindes und von den irdischen Gedanken und Kümmernissen und hatte außerdem sein Bein überanstrengt, denn der Bus fuhr nur bis Potschinok; die Mechanisatoren hatten die Straße in die Einöddörfer während der Erntekampagne total verdorben, und überhaupt fuhr oder ging niemand dorthin, um die

Wahrheit zu sagen. Als Leonid mit Sweta durch den Schlamm zwischen den Häusern und den eingestürzten Dächern von Poljowka stapfte, drückten sich Greisinnengesichter an die Fenster, anzuschauen wie welke Kohlblätter: Wer kommt? Ist womöglich ein Kosmonaut vom Himmel gefallen?

Nachdem sich Leonid mit Milch und Kartoffeln gestärkt hatte, wollte er auf den Ofen steigen, ein Nickerchen halten und dann zu Fuß zurück nach Potschinok gehen, von dort in das unvergeßliche Chailowsk und schließlich mit der Elektrischen nach Hause fahren, aber zuvor mußte er sich sämtliche dörflichen Neuigkeiten anhören und dann auch noch ein Papier mit der Überschrift »Anzeige« zur Kenntnis nehmen, das ihm die Schwiegermutter zu lesen gab.

»Genosse Milizionär, Leonid Wikentjewitsch Soschnin! Da wir alle verlassen sind wie Waisenkinder und niemand uns Schutz gibt, bitt ich um Hilfe. Der Wenjamin Fomin ist aus dem Straflager in das Dorf Tugoshilino zurückgekommen und hat fünf Dörfer mit einer Steuer belegt, und mich, Arina Timofejewna Tarynitschewa, hat er mit der Axt und dem Messer und anderen spitzen Gegenständen eingeschüchtert und mich gezwungen, mit ihm zu schlafen, wissenschaftlich ausgedrückt, geschlechtlich zu verkehren. Ich bin 50 (fünfzig) Jahre alt, er ist 27 (siebenundzwanzig). Sie können sich vorstellen, wie schlimm das für mich ist, denn ich bin ausgemergelt und hab mich im Kolchos überarbeitet, und ich hab noch zwei Ziegen und vier Schafe, eine Katze und den Hund Rex, die wollen alle versorgt sein. Er zwingt mich dazu, über ihn zu schreiben, daß ich, seit er zu mir ins Haus gekommen, keinerlei Einkunft von ihm habe, ich hab nur Ausgaben, er läßt sich von mir ernähren, geht nicht arbeiten, und nicht genug, daß er selber säuft, liest er unterwegs Kumpane auf und hält sie frei. Mit mir veranstaltet er Skandale, macht mir dauernd Angst und droht mich zu erwürgen. Ich versorg die Kolchoskälber, ich brauch meine Ruh, aber er läßt mir keine, säuft immerzu. Schaffen Sie ihn mir vom Halse, er ist mir zuwider wie ein bitterer Rettich, bringen Sie ihn irgendwohin, von mir aus ins Gefängnis, von mir aus zurück ins Straflager, da gehört er hin. Früher, bevor er zu mir kam, hat er genauso randaliert, er wurde wegen Rowdytum verurteilt, seine Mutter ist gestorben, seine Frau ist verschwunden, ich hab das alles immer noch geheimgehalten, aber mir reicht's jetzt! Meine Knochen und Sehnen sind kaputt, ich selbst bin seinetwegen krank, vor lauter Sünde komm ich nicht zum Essen und Trinken, und er ist eifersüchtig, verfolgt mich immerzu und verachtet mich. Wozu die Eifersucht, wo ich doch bloß Haut und Knochen bin und auch schon fünfzig. Im Kolchos arbeite ich seit meinem fünfzehnten Lebensjahr. Die ganze Nacht tobt er rum, liegt auf dem Bett, brummelt was, knirscht mit den Zähnen, singt Gefängnislieder, verschwendet das Licht. Für das Licht muß ich vier Rubel und paar Kopeken im Monat bezahlen. Er spart die staatliche Energie nicht, mitten in der Nacht springt er auf, brüllt mit häßlicher Stimme und hinter mir her! Drei- und viermal jede Nacht lauf ich aus dem Haus und bummle durchs Dorf. Alle schlafen. Wo soll ich bleiben. Ich geh zurück in die Wohnung und steh fluchtbereit da, ohne mich auszuziehn. Davon weiß keiner was, nicht mal die Nachbarn, daß bei uns jede Nacht solch ein ausschweifendes Leben ist. Und ich bitte Sie, mich nicht zu verraten, sonst zerfleischt er mich. Ergreifen Sie Maßnahmen, schaffen Sie ihn still und leise weit weg. Er ist ein Menschenfresser und Blutsäufer! Er plündert die Dörfer aus, beleidigt die Frauen.

Ihre Frau Schwiegermutter Jewstolija Tschastschina, Gott schenke ihr Gesundheit, hat mir geraten, mich an Sie zu wenden, hat auch nach meinem Diktat geschrieben, denn mir zittern die Hände, und ich kann nicht gut schreiben.«

Das war nicht der erste und nicht der einzige derartige Fall in den entvölkerten Dörfern. Irgendein Bandit suchte die halbleeren Frauendörfer heim, plünderte sie aus, terrorisierte die hilflosen Menschen. Es wurden Maßnahmen ergriffen, die Saufbrüder wurden ausgewiesen oder wieder ins Gefängnis gesteckt, aber an die Stelle des »Aufgeflogenen« trat ein neuer »Held«, und bis eine solche Anzeige zur Miliz gelangte oder das Geheul der Weiber gehört wurde, gab es womöglich Mord, Brand oder Raub.

Jewstolija teilte ihm ergänzend mit, jenseits des Flusses, in dem Dorf Gribkowo, hätten noch zwei alte Mütterchen gelebt, dort habe ein Fensterchen geschienen und sich lebendiger Rauch gekräuselt. In dem einen Haus habe eine alte Frau gewohnt, die sich hartnäckig weigerte, zu ihren Kindern in die Stadt zu ziehen. Im Nachbarhaus habe eine einsame Kriegerwitwe ihren Lebensabend verbringen wollen. Im letzten Winter seien die beiden alten Frauen zusammengezogen, um Brennholz zu sparen und sich die Zeit gemeinsam zu vertreiben. Sie klöppelten im Auftrag der Chailowsker Gewerbegenossenschaft Spitzen, und da mußte die seit dem Krieg verwitwete Frau im Potschinoker Dorfladen in aller Öffentlichkeit ausplaudern, es gehe ihr jetzt ganz gut, sie verdiene mit den Spitzen Kopeken dazu, und wenn sie an ihrem Todestag von dannen gehe, werde sie den Menschen und dem Staat nicht zur Last fallen.

Wenjamin Fomin hatte von dem Kapital der alten Frau gehört, er ruderte mit einem Boot über den Fluß, brach im Dunkeln in das Häuschen der Witwe ein und setzte ihr das Messer an die Kehle: »Geld! Oder ich stech dich ab!« Die alte Frau gab es ihm nicht. Da knotete ihr der Räuber ein Handtuch um den Kopf, drillte es mit einem Knüppel zusammen und quetschte so den Kopf immer fester ein, das hatte er im Straflager gelernt. Der alten Frau lief Blut aus der Nase, aber sie gab das Versteck nicht preis. Der Verbrecher aber stammte aus dieser Gegend – wo konnte sie das Kapital schon aufbewahren? Er ging in die fromme Ecke, und richtig, hinter den Ikonen steckte das Geld, hundertsechzig Rubelchen.

Eine Woche lang feierte und tobte Fomin mit seinen Kumpanen. Die alte Witwe schnürte ihr Bündelchen, nahm einen Stock und ging freiwillig ins Chailowsker Altersheim, um den Rest ihres Lebens in dieser staatlichen Stelle zu verbringen und dann auch auf staatliche Kosten unter einem einsamen staatlichen Grabmal beigesetzt zu werden.

Das Dorf Tugoshilino lag auf dem Weg nach Chailowsk, auf einem Hügel hinter einem von Erlen gesäumten Bach, der im Sommer oft austrocknete. Viele der dortigen Bauernhäuser waren eingestürzt oder mit Brettern vernagelt, und nur bei dem Kälberstall wimmelte noch Leben, ein Hirt stieß wüste Flüche aus, ein Traktor brüllte, und zwei oder drei klapperdürre alte Frauchen, nicht voneinander zu unterscheiden, machten sich hastig zu schaffen. Leonid wollte nur kurz in Tugoshilino bleiben, den frechen Räuber finden, ihn einschüchtern oder mitnehmen und im Chailowsker Revier abliefern. Aber seine Begegnung mit Wenjamin Fomin sollte viel länger dauern als gedacht.

Kaum war Leonid eingeschlafen, da zupfte sein Schwiegervater Markel ihn behutsam am Ärmel, wartete ab, bis der Schwiegersohn richtig wach war, und sagte ihm, der Fomin habe in Tugoshilino die Weiber in den Kälberstall getrieben, den Balken vorgelegt und drohe, sie mitsamt der Kälber zu verbrennen, wenn sie ihm nicht sofort zehn Rubel für einen Ausnüchterungstrunk gäben.

»Verdammt!« fluchte Leonid. »Nirgendwo hat man seine Ruhe.« Er setzte die abgetragene, von Wind und Wetter und beim Angeln verzogene Mütze auf, fuhr in den alten Übergangsmantel – in seiner Freizeit trug er gern Zivil – und fühlte sich draußen im schneidenden Wind, in der klammen Kälte so einsam und verlassen, daß er gleichsam unschlüssig oder nachdenklich stehenblieb, aber dann schüttelte er den Kopf und zog die Mütze bis fast auf die Ohren herunter. Markel Tschastschin, der ihn mit Sweta von Poljowka durch den Matsch am Dorfausgang zur Straße begleitete, erriet den niedergedrückten Zustand seines Schwiegersohns und bot ihm »männliche Hilfe« an, doch Leonid wehrte ab, hob sein Töchterchen hoch und drückte ihm die Lippen auf die feuchte Wange. »Geht zurück ins Warme.« Er stapfte durch den schlierigen Matsch und klappte den schmalen Kragen hoch, um sich vor dem peitschenden Regen zu schützen, in dem auch schon mal ein Schneeflöckchen blinkte. Im Gehen dösend, nahm er die Abkürzung quer über die Felder und durch das Wäldchen und scheuchte auf dem verschlampten struppigen Stoppelfeld, wo lose und in Haufen Getreide verstreut lag, die schwerfälligen Krähen und die Wildtauben hoch, die in schnellen Schwärmen in die kahlen Baumgruppen einfielen. Die Stoppeln faulten, das nicht gemähte Korn faulte und sah aus wie Wunden auf dem kranken Körper des Feldes, die von den Mähdreschern hingeworfenen Strohballen faulten, auf den lehmig-rötlichen Hängen zum Flüßchen hinunter, das von der Herbstnässe zu neuem Leben erwacht war, standen nicht abgefahrene Puppen Flachs, stellenweise schon umgestoßen vom Wind und von dem Flüßchen auf die Sandbänke getragen, wo sie mit den unterspülten Erlen, mit Waldreisig und Bruchholz einen Stau bildeten.

Die Krähen, die schwer auf den sich biegenden Tannenwipfeln und auf den Stangen der Schoberumzäunungen hockten oder schwarz den Müll im Fluß und die Kieselhalden bevölkerten, begleiteten den Menschen mit ärgerlichem, sattem Knurren: »Was treibt der sich rum? Warum schläft er nicht? Er stört bloß.« Die kahlen, frierenden Erlen, das Weidengestrüpp an den Feldern mit ihren kahlen Stellen und längs des infolge der Kälte nur noch rieselnden Flüßchens; das zerrissene Lappenzeug der vom Herbst übriggebliebenen spärlichen Blätter im Gestrüpp und in den Resten einer Stallung; die Kälber, zum Weiden in die Kälte hinausgetrieben, um das geerntete Futter zu sparen, bis an die Knie zwischen den Bülten im Morast eingesunken, mit steinern gesenkten Köpfen reglos zwischen den erkalteten Feldern stehend, die nassen Heidekrautbüsche auf den Anhöhen, an gebückte Menschen erinnernd, die etwas verloren hatten und schon nicht mehr suchen mochten – alles, alles war erfüllt von trostloser herbstlicher Einsamkeit und der ewigen irdischen Demut gegenüber dem langwährenden Unwetter und der kalten, leeren Zeit.

Beim Tugoshilinoer Kälberstall, im Windschatten der Wand, unter dem tief herabgezogenen Dach, drückten sich Weiber, alte Frauen zumeist, mit dem Rücken an die rissigen, morschen, aber noch warmen Balken. Als sie Leonid erblickten, gerieten sie in Bewegung und zeterten alle auf einmal los: »Dieser Unhold! Dieser Unhold! Und keiner wird mit ihm fertig. Dieser ewige Lagerstrolch und Vagabund . . . Die eigene Mutter hat er ins Grab gebracht . . . Schon als Kind war er so . . .«

Leonid sah auf dem Dach des Kälberstalls ein Loch, wo eine Schieferschindel abgerissen war, er warf den Mantel und das Jackett ab, behielt nur den violetten Rollkragenpulli an, der seine vom Nichtstun füllig werdende Figur stutzerhaft umschloß, machte einen Sprung, klammerte sich an den niedrigen Dachbalken des Kälberstalls, zog sich hoch aufs Dach, hielt sich an den Dachlatten fest und ließ sich auf den Boden aus Rundhölzern hinab. Er entfernte fünf der behauenen und in die Nuten des durchgebogenen Deckenbalkens eingelassenen Hölzer, sprang hinunter in den Gang unter dem Dachboden mit den nur schwach glimmernden gelben Birnen, sprang aber ungeschickt, landete mit dem kranken Fuß in einer Vertiefung des Dielenbretts, setzte sich in die glitschige Brühe und beschmutzte sich die Hosen.

Auf dem dunklen Fußboden, dessen Fugen mulmig zerkrümelt waren und aus dessen Ritzen eine nikotingelb schimmernde Brühe sickerte, standen ein paar kranke Kälber und starrten den Ankömmling stumpf an, sie muhten nicht, sie baten nicht um Futter, sie husteten nur tief röchelnd, und es schien, als wäre es der öde, halbdunkle Stall selbst, der einen leeren Stoßseufzer ohne Stöhnen, ohne Qual aus sich heraus in die feuchte Leere hustete. Diese greisenhaft röchelnden Tiere hatten für nichts und niemand das allergeringste Interesse, nur irgendwo weiter hinten erhob ein Kalb die welke Stimme und verstummte gleich wieder hoffnungslos, dann hörte Leonid ein kaum vernehmbares

Knuspern, als bohrte ein Borkenkäfer im Balken unter dem Saftholz. Er erriet, daß das Kalb die morschen Holzteile der Pferchstangen, der Futterkrippen und der Wände beknabberte. Ein anderes Kalb stieß die Stange weg, stakste aus dem modderigen Schlamm seiner Box und legte sich auf ein schlüpfriges Bodenbrett, und ein weiteres Kalb beugte sich über die Trennwand und saugte oder kaute an seinem Ohr, wobei ihm Geifer aus dem Maul troff.

Durch den glitschigen Korridor, an dessen Seiten wie die Brustwehr eines Schützengrabens Mist aufgeschaufelt lag, ging Leonid zur Futterkammer und öffnete den dort eingesperrten, zu Tode geängstigten Frauen die Tür. Sie heulten im Chor los und stürzten, einander überholend, aus dem Kälberstall durch die gegenüberliegende angelehnte Tür, neben der auf einem Berg frisch duftenden Heus, das am Morgen mit Birkenholzschleppen von der Waldwiese gebracht worden war, Fomin lag und seelenruhig schlief.

Leonid zerrte ihn vom Heu, packte ihn bei den Aufschlägen der Wattejacke und schüttelte ihn derb. Fomin glotzte ihn lange an, klapperte mit den Augen, wischte den Mund mit der Hand und wußte nicht, wo er war und wie ihm geschah.

»Was willste?«

»Das will ich. Was willst du?«

»Ich frag dich: Was willste?«

»Gehen wir raus, da werden's dir die Frauen schon erklären.«

»Tourist, Aas!« brüllte Fomin und riß eine Mistforke mit abgebrochenem Stiel aus dem Heu. Die Forke war alt und rostig und hatte nur zwei Zinken, dick mit Dung verklebt, dazwischen saßen noch zwei rötliche Stümpfe wie abgebrochene Greisenzähne.

Ach, diese Dörfer ohne Männer! Hier lebt nichts mehr, alles vegetiert bloß . . .

»Ich mach dich alle, du Aas!« Fomin ging auf Leonid zu, die Forke in Vorhalte, so wie ein Infanterist mit seinem Gewehr in den Kampf geht.

»Laß die Forke fallen, du Lump!« Leonid bewegte sich auf ihn zu, was Fomin höchlich aufbrachte.

»Komm nicht näher, du Aas, ich stoß zu! Bleib stehen!« kreischte Fomin wie von Sinnen und wich zurück zur angelehnten Hintertür des Kälberstalls, um die Forke wegzuwerfen, hinauszuschlüpfen und in den heimatlichen Feldern und Wäldern unterzutauchen.

Leonid schnitt dem Verbrecher den Rückzugsweg ab und drängte ihn in die Ecke. Fomin war ohne Saft und Kraft, hatte frühe tiefe Falten, seine Tränensäcke waren wie kahle Mäusekinder mit Pfötchen, und in den Winkeln des aufgesprungenen Mundes war Schaum festgetrocknet wie Chininpulver. Ein kranker, eigentlich schon verlorener, jämmerlicher Mensch. Aber gefährlich, böse gefährlich, bei ihm mußte man auf alles gefaßt sein.

»Laß die Forke fallen!« schnauzte Leonid und sprang Fomin an, die Hände bereit zuzupacken.

Fomin, den Rücken an der Wand, hob die Forke, wie um sich dahinter zu decken. Und nun würde Leonid ihn mit einem Kinnhaken zu Boden gestreckt, ihm die Forke entrissen, ihm ein paar Maulschellen versetzt haben für all die Beleidigten und Unterdrückten, und er würde ihn nach Potschinok gebracht haben, zum Autobus, aber vor dem Ausgang hatte sich eine Güllelache angesammelt, mit Heumulm überpudert. Der an standfeste Rindlederstiefel und an zwei feste, federnde Beine gewöhnte Leonid rutschte in den spitzen Halbstiefeln auf dem lahmen Bein aus und fiel plump auf einen Arm, und da funktionierte die niederträchtige Natur des Verbrechers – einen Liegenden zu schlagen. Fomin stieß kurz mit der Forke zu. Leonid konnte zwar dem Stoß in die Brust ausweichen, aber die Forke traf ihn dennoch, und die rostige Zinke drang gleichsam widerwillig, knirschend in den lebendigen Körper, in die Schulter unterhalb des Gelenks. Fomin fletschte die Zähne wie ein Schakal, drückte auf die Forke, nagelte Leonid an den morschen braunen Fußboden.

Leonid schnellte hoch, packte das Bruchstück des Forkenstiels und versuchte, die Zinke herauszuziehen. Schmerz durchdrang ihn, nahm ihm die Kraft.

»Ich hab dir gesagt, komm mir nicht zu nah, du Aas! Ich hab's dir gesagt . . .« Fomin drückte sich erschrokken in die Ecke und wischte das schweißig gewordene Gesicht und den Mund mit dem Handgelenk. Der festgetrocknete Schaum krümelte, fiel schuppig von den rissigen Lippen, blieb in dem jämmerlichen Stoppelbart Fomins hängen.

»Zieh die Forke raus, du Lump!« schrie Leonid verzweifelt.

Alles weitere geschah in einer gebremsten Entrücktheit. Mit ein paar schwächlichen Rucken, die wie Blitze durch Leonids Kopf zuckten, zog Fomin die Forke heraus, und Leonid sah auf der rostigen Zinke Blutklümpchen, unsaubere Blutklümpchen auf der unsauberen, wie mit Plastilin verklebten Zinke; er wankte, preßte die Hand auf die Wunde, um das sprudelnde Blut zu stoppen, und lehnte die Stirn an die Wand, die nach Urin und ekelerregender Silage roch. Nachdem er ein bißchen zu sich gekommen war, holte er sein Taschentuch hervor, schob es unter den Pulli und zog den Träger des Turnhemds darüber. Das im Nu blutdurchtränkte Taschentuch rutschte glitschig von der Schulter zum Bauch.

»Gib mir ein Taschentuch!« Leonid streckte die Hand aus. Fomin legte ihm einen schmierigen grauen Klumpen hinein. »Was hast du angerichtet, du Vieh!« stöhnte Leonid, warf den dreckigen Lappen in das weinerlich-beflissene Gesicht Fomins und stürzte, die Wunde pressend, ans Licht.

Die Viehweiber sahen schon weit hinterm Kälberstall die hintereinander durch den Matsch laufenden beiden Männer; sie dachten, der Bandit verfolgte den Menschen, um ihn zu erstechen, und heulten los. Leonid mußte zurück in den Kälberstall, um die Jacke und den Mantel anzuziehen, er mußte nach Poljowka laufen und seinen Schwiegervater bitten, das Pferd einzuspannen. Aber das Pferd konnte im Wald oder bei den Silagegruben sein, vielleicht auch auf dem Stoppelfeld weiden, die Leute von Poljowka würden jammernd das Pferd einfangen und vor den Wagen spannen, doch dann fehlt vielleicht das Kumt oder das Krummholz, oder der Wagen verlor die Nabe, und das Rad fiele mitten im Schlamm von der Achse, und sie blieben am Dorfausgang oder im Waldweg stecken. Markel würde »die Puste wegbleiben«, und die Tschastschinsche würde wie immer Reden schwingen und nach Feinden fahnden, würde Sweta erschrecken und sie womöglich mitbringen . . .

Nicht nur das Taschentuch, das ganze Turnhemd rutschte wie ein gallertiger, klebriger Klumpen zum Gürtel. Das Blut durchtränkte den Pulli, lief heiß zur Hüfte, quatschte im linken Schuh. Der Verletzte bekam trockene Lippen, und im Mund hatte er einen Geschmack von Eisen. So schnell! Schlimm steht's um mich . . .

»Hilf mir!« knirschte Leonid.

Fomin beugte sich hastig vor, nahm Leonids Arm und legte ihn um seinen dürren Hals; der Schwachkopf mochte im Kino oder auf Fotos gesehen haben, wie Verwundete vom Schlachtfeld getragen werden.

»Ooooh, ich Aas, ich sitze drin . . . Schon wieder sitz ich drin!« heulte er. »Immer und immer wieder muß ich in den Knast! Mit mir Aas ist jetzt wirklich Sense . . .« Von Fomin rann schwächlicher Schweiß. In den dünnen dreckigen Strömchen zitterte Heustaub, und als sie den Mund erreichten, leckte er das schmutzige Gemisch ab, vergaß es auszuspucken und schluckte es herunter, wobei er weiter heulte und wehklagte.

Leonids Beine erschlafften, das Licht wurde grau, bewegte sich, schwamm vor den Augen wie Fischschleim. Es würgte ihn von dem Geruch nach Fomins schmutzigem Schweiß, von dem Gestank des Mistes, von dem bitteren Heu, von der Salmiakschärfe des Kälber- oder Menschenurins – der Verbrecher Fomin fraß ja jeden Deck bis hin zu verdünnter Schuhcreme und Puder, seine Nieren waren längst verbrannt, außerdem trug er stinkende Fußlappen. Die Gerüche wurden im kalten Wind nicht schwächer, sie verwehten nicht, im Gegenteil, sie umgaben Leonid immer dichter, wölkten über ihm und in ihm und entrissen seiner Brust einen Strom von Erbrochenem.

An der Tür der Potschinoker Sanitätsstelle hing ein altes schweres Vorhängeschloß. Es war Sonntag. Der Verbrecher und der Verletzte standen umarmt vor der Tür, atmeten stoßweise, starrten resigniert auf das Schloß. Fomin setzte Leonid auf das Vortreppchen, lehnte ihn an die Wand und deckte ihn fürsorglich mit seiner nach Hund riechenden Wattejacke zu.

»Ich komme gleich wieder . . . gleich, gleich . . . und wenn ich das Aas aus der Erde buddeln muß! Ich zieh sie unter dem Jäger hervor, wenn er sich auf ihr amüsiert . . . Gleich, gleich . . .«

Niemand machte Jagd auf die Feldscherin, und sie machte auf niemand Jagd, sie war schon in Jahren und benutzte den Sonntag, wie es sich für eine gleichberechtigte Frau gehört, zur Freude und Erholung, indem sie wusch, putzte und aufräumte. Auch in ihrer Sanitätsstelle herrschte Ordnung, und die notwendigen Medikamente waren vorhanden: Jod, Binden und Watte, nicht einmal das Fläschchen Sprit war ausgetrunken. Die Feldscherin selbst war sauber, häuslich, man hätte einen Lobesartikel über sie in der Zeitung schreiben mögen. Sobald er gesund war, würde er das tun! Dieses schwache Aufblitzen von Humor war das letzte, das an diesem Tag den stets zur Ironie, in letzter Zeit zur Selbstironie neigenden, schöpferisch gestimmten Kopf Leonids oder seine Seele heimsuchte. Die Feldscherin, die ihn flink und geschickt verband, nahm ihm im Nu die Neigung zur leichten Stimmung, mit der der Verletzte seine Angst zu unterdrücken versuchte, in der schwachen Hoffnung, daß sein Zustand nicht so gefährlich wäre, daß er in Panik verfallen müßte.

»Oi, wie schmutzig die Wunde ist! Das Blut schäumt ja . . . Also ist die Pleura verletzt. Wer hat das getan? Etwa du Siebenmonatskind?« Die Feldscherin starrte Fomin an, der sich in Qualen auf der Schwelle der Sanitätsstelle ausruhte, heimlich rauchte – er war ja ein Verbrecher! schon fest angestellt! – und den Rauch in den Ärmel blies. »Einen Milizionär! Im Dienst! Du kriegst dein Teil!« Sie half Leonid, sich auf die Pritsche zu legen, deckte den im Schüttelfrost Flatternden mit einem Laken und einem Tischläufer zu und breitete ihren längst aus der Mode gekommenen Nylonmantel obendrüber.

»Was, er ist Milizionär?«

»Hast du das nicht gewußt?« sagte die Feldscherin feindselig, hielt die Hand des Verletzten über den Zudecken und klopfte darauf wie bei einem Kind.

»Woher kommt er denn?«

»Aus Poljowka, Schwiegersohn von den Tschastschins.«

»Oi, ich Aas!« heulte Fomin. »Was hat ihn bloß nach Tugoshilino getrieben? Wenn er abkratzt . . . sie stellen mich glatt an die Wand . . .«

»Da gehörst du längst hin. Geh draußen rauchen, du Schwindsüchtiger.«

Aus dem Chailowsker Krankenhaus kam die Antwort – kein Benzin, außerdem sei Sonntag, und überhaupt wären sie nicht verpflichtet, Schnelle-Hilfe-Wagen über Land zu schicken. »Wenn es dringend ist, bringen Sie den Verletzten mit eigenen Transportmitteln her.«

Chailowsk sprach hauptstädtisch hochnäsig mit der Dorffeldscherin. Leonid zog das Telefon zu sich heran, rief den Chef der Kreismiliz, Alexej Achljustin, in seiner Wohnung an und bat ihn, mit Benzin auszuhelfen und die Schnelle Hilfe anzuweisen, ihn ins Gebietskrankenhaus zu bringen.

Die Chailowsker Medizinmänner genossen den Sonntag, und sie genossen ihn, wie Leonid wußte, äußerst aktiv beim Angeln oder im Erholungsheim, und bis zum Montag würde er es, wie er aus dem Verhalten der Feldscherin schloß, kaum noch machen.

»Ist die Wunde gefährlich, Lenja?«

»Ich glaub schon, Alexej Demidowitsch.«

»Ich bringe alle auf die Beine!«

Achljustin kam mit dem Schnelle-Hilfe-Wagen angebraust, und als er Fomin sah, schüttelte ihn der Zorn.

»Eine Giftmorchel bist du! Ein Lumpenkerl! Warum wird so was wie du bloß geboren? Um vollwertige Menschen zu vernichten! Ach, ihr Säufer, ihr richtet das ganze Land zugrunde.«

Leonid wurde auf eine Trage gelegt und in den Wagen geschoben. Die Feldscherin deckte ihn mit einer Decke zu, die sie von zu Hause geholt hatte, und setzte sich zu ihm ans Kopfende. Auch Fomin sollte in den Wagen gestoßen werden, damit sie ihn gleich ins Gebietsuntersuchungsgefängnis einliefern konnten.

»Bürger Natschalnik! Bürger Natschalnik!« flehte Fomin und stemmte die Hände gegen den offenen Wagen. »Der Gute stirbt doch! Er kann . . . Er ist fast ohne Besinnung . . .«

»Ich sag ja, Packzeug! Jetzt zittert dieser Rotzer um sein bißchen Leben. Also, Lenja!« Achljustin strich Leonid väterlich über die Brust. »Halt durch, Lenja.« Er breitete greisenhaft täppisch und malerisch die Arme aus. Als er das begriff, machte er ein finsteres Gesicht, wandte sich ab und verkniff sich seine üblichen philosophischen Sprüche, die wären hier gar zu unangebracht.

Als sie gerade losfahren wollten, kam durch den aufspritzenden Schlamm ein Motorrad angebraust, darauf saß ein Reiter mit Schutzbrille in einer sich bukkelnden Kombination, sprang beinahe noch in voller Fahrt ab, lief zu dem Schnelle-Hilfe-Wagen und jammerte mit der Stimme von Polina Silakowa:

»Lenja! Leonid Wikentjewitsch! Was ist denn bloß? Ach, du Vieh! Ach, du Stinker! Ich geb's dir!« sie stürzte sich auf Fomin, stieß ihn in den Schlamm, setzte sich rittlings auf ihn und drosch auf ihn ein.

Achljustin konnte ihr den Fomin nur mühsam entreißen, und während er dann den zerknautschten, schlammverklebten Verbrecher zum Dorfsowjet schleifte, winkte er – fahrt doch endlich los. Polina Silakowa bearbeitete Fomin von hinten mit ihren schweren Stiefeln. Von den Stiefeln und vom Hinterteil des geschleiften Unholds flogen wie in der Zeitlupe Schlamm- und Mistbatzen. Fomin versuchte den Hintern mit den Händen zu schützen wie ein Kind vor dem väterlichen Riemen.

»Fahrt doch endlich los!« stöhnte Leonid.

Polina Silakowa, die Fomin in den Hintern trat, sein eigenes Stöhnen und seine Worte »Fahrt doch endlich los!« waren das letzte, was Leonid noch hörte und wahrnahm. Auf der Landstraße und auf den Hängen der Schluchten, die von den Herbstregen zerwaschen waren, Pfützen über Pfützen, in den Schlaglöchern unterm Schlamm blankes Eis. Auf der von allen vergessenen Einödstraße schleuderte, schüttelte, rüttelte es den Wagen. Der Verletzte sank in tiefe Ohnmacht. Er sah eine zerquetschte Ratte. In Wejsk war er während seiner Dienstzeit öfters in eine Plinsenbude mitten in der Stadt gegangen, die jedoch in einer stillen Seitengasse lag und darum wenig besucht war. Hier arbeiteten fröhliche, rosige Mädchen, eine üppige Mullhaube auf dem Kopf. Für Leonid sparten sie nicht mit Butter und brieten ihm die Plinsen in der Pfanne so knusprig wie früher Tante Lina.

Eines Tages fuhren die Milizionäre im Dienstwagen durch die grüne Seitengasse, da sahen sie aus einem alten, baufälligen Haus eine gewaltige, dickbäuchige Ratte mit Husarenschnurrbart quer über die Gasse rennen – zu der Plinsenbude. Der Fahrer gab Gas, die

Ratte stieß ein Todesquieken aus. Am Abend waren an dieser Stelle nur noch Fellreste zu sehen, denn die Sanitäter der Stadt, die Krähen, hatten den Kadaver verzehrt. Seitdem war Leonid nie wieder in die Plinsenbude gegangen, und wenn er nur an sie dachte, sah er die dicke Ratte vor sich, und schon würgte es ihn. Während der Fahrt von Potschinok würgte es ihn dermaßen, daß er Herzkrämpfe bekam. Die Würgeanfälle ließen Blut aus der Wunde schäumen. Er wurde unterwegs so schwach, daß er bis an den Hals in gelber Gülle versank und mit einer Anstrengung, die schon nicht mehr die seine war, den Kopf hob, damit ihm der stinkende Strom nicht in den heiß aufgerissenen Mund schwappte, aber gegen die Ratte konnte er nichts machen, sie quiekte und quiekte unter ihm, besonders laut in den Kurven, und sie warf und warf nasse nackte Rattenkinder.

Als der Asphalt begann, verstummte die Ratte, aber Leonids Kopf trennte sich vom Rumpf und kullerte polternd über den eisernen Boden von einer Ecke in die andere. Jetzt knirschte sein Kopf unter den Rädern, freilich ohne zu quieken, und blieb auf dem rissigen Asphalt liegen, blutleer, mit offenen lebendigen Augen. Neben der Straße saßen auf den schwarzen Tannenwipfeln schwarze Krähen, putzten die Schnäbel an den Zweigen und schickten sich an, den Kopf zu zerhacken. Beginnen würden sie mit den Augen, den lebendigen, graublauen Augen, den Leonid seit seiner Kindheit vertrauten Augen des Nordrussen.

»Mein Kopf! Ihr habt meinen Kopf vergessen! Mein Kooopf! Hebt ihn auf!« Er wähnte, so laut zu schreien, daß ihn sogar die Krähen hörten und erschrocken wegfliegen würden, ohne den Kopf anzurühren. In Wirklichkeit bewegte er nur schwach die blutig gebissenen

Lippen. Etwas berührte ihn, verbrannte ihm den Mund, drang in die Nasenlöcher, traf die Stelle, wo sein Kopf sein mußte, und so erhielt er wenigstens eine kurze Atempause, als er begriff, daß er lebte und sein Kopf an seiner Stelle war.

Aber nun blinkerte da, wo sein Kopf sein mußte, ein Milizblaulicht, aber es blinkerte nicht blau und auch nicht rot, sondern aus irgendwelchen Gründen mistgelb, und wieder hob er das verwundete Gesicht, damit die Brühe nicht in Mund und Nase drang, aber die gelben Wellen fluteten unerbittlich heran, langsam wie Harz aus einem angehackten Baum. Sie verklebten ihm den Mund, zogen ihm die Eingeweide zusammen, würgten und würgten im Hals, die Erstickungskrämpfe zogen ihn krumm, schnürten ihn zum Knoten, zerrissen ihm die Adern.

Die Dorffeldscherin drückte ihn mit ihrem leichten Körper nieder; sie hatte nicht die Kraft, ihn zu beruhigen, die Konvulsionen des verletzten Körpers einzudämmen, und brach in Tränen aus.

»Lieber . . . Lieber . . .«, bat, flehte, schrie die Feldscherin. »Lieg still! Lieg still! Beruhige dich! Das Blut . . . du blutest ja so! Lieber . . . Lieber . . . Gleich, gleich sind wir in der Stadt. Lieber . . . Lieber! Was du für Kraft hast! Du wirst gesund. Ganz bestimmt . . .«

7

Leonid erwachte vierundzwanzig Stunden nach der Operation, die wieder der unersetzliche Grischa Peretjagin ausgeführt hatte, diesmal aber mit einer Brigade von Assistenten, in demselben Operationssaal, in dem sein Bein operiert worden war. Er lag auf derselben Pritsche am Fenster. Vor dem Fenster, wußte Leonid, gab es einen dürren Ast einer alten Pappel, an dem war die »Puppe« einer Stromleitung befestigt, genauer gesagt, sie war hineingeschraubt. Das rostige Gewinde des geschmiedeten Hakens, von lustigen Leitungslegern wahrscheinlich schon im ersten Fünfjahrplan dort angebracht, hatte den Ast verdorren lassen. Leonid, von Schläuchen umwunden, von Infusionsflaschen umstellt, wollte und konnte sich nicht bewegen, um die wohlbekannte Pappel, den wohlbekannten Ast, zerbrechlich wie ein Knochen, und die weiße »Puppe« zu sehen, die ins Fleisch des Baumes eingewachsen war.

An den Berührungen von Händen und an dem Geruch von Haaren, die sein Gesicht berührten und ihm manchmal den Mund verklebten, dann aber auch mit den Augen, durch flimmerndes, nebelartig heranfließendes Licht, erkannte er Lerka. Sie gab ihm mit einem Teelöffel zu trinken. Ihre Stimme drang aus weiter Ferne zu ihm. Er hörte: »Der Patient hat die Augen geöffnet.« Um sich selbst zu beweisen, daß er sie tatsächlich öffnen konnte und wollte, leistete er eine gewaltige Arbeit, konzentrierte sich mit großer Anspannung, zog alles, was in ihm hörte, fühlte und lebte, an eine Stelle zusammen – und da sah er die Pappel vor dem Fenster und den einsamen dürren Ast mit der weißen »Puppe«. Es sah aus, als ob eine Hand in rissigem Handschuh ihm ein großes Stück Zucker hinhielt, nirgends schartig, schneeweiß, winterlich festlich, süß. Der Herbstwind bewegte, löste die Rindenreste von dem toten Ast, aber über dem Ast zappelte eine verstreute Handvoll gefrorener Blätter, die nicht rechtzeitig verwelkt und abgefallen waren. Ein kleiner Vogel, eine Meise oder ein Stieglitz, doch nein, Stieglitze mästeten sich im Herbst an Rübsamen, pickten die Insekten weg, die sich für den Winter in der Rinde und den Blättern versteckt hatten, und wenn sich solch ein Blatt zitternd löste, schwer, gefroren, ohne zu schweben, und mit einem den Vogel erschreckenden blechernen Geräusch nach unten fiel, flatterte der Vogel auf oder zur Seite und folgte dem Blatt mit scharfem Blick. Wenn er sich beruhigt hatte, nahm er die Futtersuche wieder auf.

Und so geht es das ganze Leben! Futtersuche, Mühen, Warten auf den Frühling. Wie schön!

Der Vogel spürte den Blick des Menschen, unterbrach sein Suchen, neigte kokett das Köpfchen mit den kindlich satten, zitronengelben Wangen, äugte durch die Fensterscheibe zu ihm und setzte beruhigt seine Arbeit fort, denn er wußte, daß ihm von dem hilflosen Menschen keine Gefahr drohte.

»Pie . . . Pie . . . Piepmatz«, lispelte Leonid kaum hörbar und weinte, denn er begriff, daß er einen lebendigen Vogel sah und der Vogel ihn lebendig.

Nach weiteren vierundzwanzig Stunden fragte er, ohne die Augen zu öffnen: »Wo bin ich?«

»Du bist wie immer dabei, das Böse zu besiegen, das Gute zu unterstützen.« Durch die verstopften Ohren, durch die straffgespannten Trommelfelle drang, noch immer von weit her, Lerkas Stimme.

Er klapperte mit den Augen, sah sich um. Von Lerka

zu ihm, ihrem Mann, zogen sich dicke Schläuche. Sie waren für alle Zeiten fest aneinandergebunden!

Sein Humor kehrte allmählich zurück. Familie! Heutzutage das lustigste Thema. Durch die Schläuche sikkerte etwas Helles, kullerten runde Blasen wie Glasperlen. Die Leitungen sahen aus wie einem toten Körper entnommene Adern, aber die Kügelchen in den durchsichtigen Schläuchen kullerten fröhlich und lebendig. Auch gut. Es war einfach gut so. Wirklich. Wie war denn das: Nachdem sie ihm das Bein wieder angenäht hatten, da war er doch von hier weggegangen? Oder hatten sie ihn wieder mal verstümmelt?

Ach ja, Tugoshilino. Der Kälberstall. Die Frauen. Wenjamin Fomin . . . Was ist das bloß? Immer wieder wird zugeschlagen, werden Menschen zu Krüppeln gemacht . . . Wann nimmt das endlich ein Ende? Leonid tat sich selbst leid, und ihm kamen erneut die Tränen. Er wollte sich abwenden, aber das ging nicht, er war von Leitungen umwickelt, die hielten ihn fest, auch hatte er keine Kraft. Lerka, die zwei Nächte nicht geschlafen hatte, sah die Tränen im Gesicht ihres Mannes und hielt sich die Hand vor die Augen, aber die Tränen quollen ihr zwischen den Fingern hindurch.

»Du wirst noch einmal deinen tapferen Kopf verlieren!« schimpfte sie, und das tat ihm gut, er hätte ihr lange zuhören können. Er hätte jetzt jedem zugehört und jeden betrachtet – was war das für ein Glück! In einem von Gott, den Behörden und den Menschen vergessenen Dorf hatte er einen Verbrecher unschädlich gemacht! Bei uns kann man doch überall Heldentaten vollbringen, was? Fast wäre ich dabei draufgegangen!

Mühsam hob er die Hand, ließ sie auf Lerkas Knie sinken, entsann sich des Sonnenflecks auf dem festen, runden Knie damals im Wohnheim des Forstwirtschaftsbetriebs – wie lange das her war, in einem anderen Leben, in einer anderen Zeit. Er holte tief Luft, fühlte ihre Finger, versuchte sie zu drücken.

»Weißt du noch, damals in der Ecke, wie ich dich . . . Dummchen . . .«

»Traf«, soufflierte sie.

»Richtig!«

»Na und? Wie in dem Lied: Als ich Sie traf, ist alles Tote in meinem Herzen neu erwacht . . .«

»Richtig, neu erwacht!«

»Na, du legst ja los! Auf Zärtlichkeiten hat's der gestrenge Bulle abgesehen. Auf Lyrik ist er scharf!« Lerka wandte sich dem Fenster zu, zwinkerte die Tränen weg. »Wirklich, ein Vögelchen!« rief sie verwundert. »Und was für scharfe Augen, ein Adler! Wie er kuckt! Bißchen mehr Grips noch, und du wärst als Mann nicht übel!«

»Ich muß wohl schon viel zuviel Grips haben, darum versteh ich nicht richtig zu leben; Verstand zu groß, Kleider zu klein, Ärmel zu kurz, Hosen bis an die Knie . . .«

»Bild dir bloß nichts ein! Wer Verstand hat, wird nicht mit einer rostigen Forke aufgespießt. Wer Verstand hat und auch noch Schriftsteller ist, wird mit der Pistole erschossen.«

»Wenn ich in Uniform gewesen wäre . . . Er hat mich ja für einen Fremden gehalten, für einen von diesen Intelligenzlern, die überall Ikonen und Spinnräder ergaunern.« Er holte tief Luft, er mußte ja nirgends hin, hatte Lust, mit seiner Frau zu schwatzen, das hatte er lange nicht getan. »Die Intelligenzler, die gehören nur erstochen oder geschoren . . .«

»Mach nicht so viele Witze. Die kosten Grips und Kraft. Beides hast du nicht.«

»Ich möcht so gern was futtern, Alte!«
»Oho, das hört sich schon besser an.«

Er rappelte sich heraus! Auch diesmal rappelte er sich heraus! Am dritten oder vierten Tag erschien, um den »Verwandten« zu bestaunen, eine rotwangige Köchin, die erst anfing dick zu werden – ihr Blut war Leonid übertragen worden, denn sie hatte die richtige Blutgruppe.

Das Mädchen blieb in einiger Entfernung stehen und grüßte: »Schön' . . . guten Tag! Na, wie steht's denn mit der lieben Gesundheit, Genosse Leutnant?«

Leonid mußte sich unwahrscheinlich anstrengen, um nicht wieder in Tränen auszubrechen, und winkte dem Mädchen.

»Kommen Sie näher, näher zu mir!« Ihm flog das Herz: Um solcher Menschen willen . . . »Meine Gesundheit . . . wird so langsam.« Er nahm die Hand der Köchin und küßte die von Stärke und Essig zerlaugten, zerfressenen Finger, die nach Zwiebeln und noch etwas Vertrautem rochen, nach Tante Lina und Tante Granja. Er raffte alle Kräfte zusammen und küßte das Mädchen auf die Wange, auf die straffe, rosige, ein wenig wettergegerbte Wange, was sie vollends in Verlegenheit brachte, und um die Verlegenheit zu zerstreuen, wies er auf Lerka, die unter Tränen lächelte. »Das ist meine Frau! Sie hat keine Vorurteile. Sie kennt keine Eifersucht, denn sie ist eine moderne Frau.«

Anderthalb Monate im Krankenhaus, dann noch einen Monat krankgeschrieben – und Invalidenrentner. Vorerst für ein Jahr. Und dann? Nun, die Wejsker Miliz war ein großer Betrieb, und auch die Gebietsverwaltung für Inneres hatte die mannigfaltigsten Abteilungen, man würde ihm in irgendeinem Winkel eine ruhige, ungefährliche Arbeit geben, wo er bis zur Altersrente bleiben konnte. Aber wozu brauchte er solch eine Arbeit? Wer an der Front Aufklärer war, so pflegte Kosaken-Lawrja zu sagen, der lebt sich bei anderen Truppenteilen nur schwer ein. Wer bei der Kriminalmiliz operative Arbeit gemacht hat, kann sich mit Stille und Seßhaftigkeit nicht abfinden.

Der öffentliche Prozeß gegen Wenjamin Fomin sollte in Tugoshilino stattfinden. Man öffnete den seit langem geschlossenen Dorfklub, aber der war eiskalt und hatte halbzerfallene Öfen, darum wurde beschlossen, den Prozeß im Zentralgut, im Potschinoker Dorfsowjet, abzuhalten. Das Kulturhaus war geschlossen, im Sommer war ein freiberuflicher Renovierertrupp aus den Karpaten gekommen und mit der Arbeit nicht fertiggeworden.

Während der Angeklagte von Ort zu Ort geführt und gefahren wurde, hatten die flinken Weiber ihm »unauffällig« frische Sachen besorgt, brachten ihm auch zu essen und sogar zu trinken. Fomins Freundin Anna Tarynitschewa hatte ihm alle Kränkungen vergeben und trachtete, möglichst in der Nähe ihres »Herzensschatzes« zu sein, wobei sie ihm unauffällig Zigaretten, Streichhölzer, Bonbons in schmierigem Papier zusteckte.

Zur Gerichtsversammlung strömten die Menschen nur so herbei. Aus allen umliegenden Dörfern kamen sie festlich gekleidet auf Fahrrädern und Motorrädern; Harmonikas spielten, Saufbrüder fanden sich ein. Die Menschen, die in den halbleeren Dörfchen langweilig und eintönig lebten, freuten sich über jede Gelegenheit, zusammenzukommen, zu tratschen und einander zu fragen, wie's denn so gehe und stehe. Der Angeklagte, wohl wissend, daß er der Anlaß für die allgemeine Aufregung war, warf sich in die Brust, gestikulierte heftig, plauderte mit den Weiblein, paßte auch den Moment ab, trat zum Geschädigten, klopfte ihm auf die verletzte Schulter und erkundigte sich nach seinem Befinden. Er wußte von Anna, daß der Mann fast draufgegangen wäre und nun auf Rente gesetzt war – da hatte er sich den Hinterkopf gekratzt und kurz gelacht: Besser wär's, meinte er, Leonid hätte ihn mit der Gabel gestochen, dann hätte der Genosse Fomin die Rente gekriegt und fein einen draufmachen können, und Leonid hätte weiter Verbrecher gejagt.

»Weißt du was, entschuldige!« schloß Fomin ernst werdend. »Ich hab nich gewußt, daß du von hier bist. Den hiesigen Männern tu ich nichts. Gibt nich mehr viele.«

Während der Verhandlung war Fomin sachlich, wachte eifrig darüber, daß der Prozeß nach allen Regeln ablief, verbesserte Richter und Beisitzer, Ankläger und Verteidiger, wenn sie gegen die Prozeßordnung verstießen oder sich anders ausdrückten als gesetzlich vorgeschrieben. Als das Publikum vernahm, daß Fomin den schwierigen Beruf eines Schiffsbauers erlernt hatte, hörte es ihm respektvoll zu. Der Mann muß doch einen gescheiten Kopf haben, wenn er sich eine so komplizierte Wissenschaft angeeignet hat, sagten die Weiber, bloß daß der einem solchen Blödmann zugefallen ist.

Die Verhandlung war langwierig. Die Zeuginnen verhedderten sich in ihren Aussagen, einige aus Dusseligkeit, andere auf Zureden von Anna Tarynitschewa, damit Fomin weniger kriegte. Schon verbreitete sich das Gerücht, er würde drei Jahre bekommen und »Chemiker« werden, weil gute Facharbeiter überall fehlten.

Aber Leonid wußte: Fomin würde sehr lange sitzen

müssen, denn er war zweimal vorbestraft und hatte überdies gegen die allerstrengsten Artikel verstoßen. Er wurde denn auch zu zehn Jahren Lager mit strengem Regime verurteilt. Da wurde er schlagartig nüchtern, wischte sich mit dem Ärmel übers Gesicht, das Hemd auf seinem Rücken flatterte. Die Weiber heulten im Chor. Als der Angeklagte das Schlußwort bekam, winkte er nur schwach ab. Anna Tarynitschewa stieß den Posten beiseite und warf sich ihm schluchzend an den Hals. Ein Radaubruder, der nicht aus dieser Gegend stammte, dröhnte betrunken: »Das Urteil is falsch! So falsch wie 'n Stiftzahn! Zehn Jahre brummen? Wofür? Weil er 'n Bullen angepiekt hat? Von die ham wir viel zu viele. Das Urteil is falsch. Ich hab mehr als einmal gesessen, und ich weiß, was auf Körperverletzung steht. Leg Berufung ein, Kumpel. Und wenn's nich klappt, scheiß drauf.«

Leonid verließ den stickigen Raum des Dorfsowjets und ging ans Flußufer, wo ein spärliches Kiefernwäldchen stand, und von hier sah er, wie der Wenjamin Fomin abgeführt wurde. Die barmherzigen Weiber hatten ihn in dem allgemeinen Durcheinander »erfrischt«. Er umarmte die verheulte sanfte Anna Tarynitschewa.

»Warte auf mich, ich komm zurück, sämtlichen Teufeln zum Trotz!« schrie Fomin in die ländliche Weite und schwang drohend die knochige Faust. »Wartet nur, ihr alle! Ich Aas werd noch manch einem zeigen, wie man einem die Hörner abschlägt! Ich werd euch beibringen, die Freiheit zu lieben . . .«

Leonid aß bei Polina Silakowa zu Mittag, fuhr dann, ohne die Schwiegereltern besucht zu haben, per Anhalter nach Chailowsk und von dort mit der halbleeren, schläfrigen elektrischen Bahn durch die heimatlichen

Sumpfgegenden nach Hause. Er blickte durchs Fenster auf die vertrauten, friedlichen, im Winter so flüchtig aufgeräumt wirkenden Felder, Dörfchen, Ausweichstationen, Streckenhäuschen, auf die da und dort schwarz aus den weißen Sümpfen ragenden Bäumchen, die kahlen Espen und die gesprenkelten Birken, er schaute und gab sich gänzlich seiner tiefen Trauer hin, die ihn nicht mehr loslassen wollte. Nein, leid tat Fomin ihm nicht, aber Triumph oder gar Schadenfreude konnte er auch nicht empfinden. Die Arbeit bei der Miliz hatte ihm das Mitleid mit den Verbrechern ausgetrieben, dieses allumfassende, total unbegreifliche und unerklärliche Mitleid, das seit urewigen Zeiten im lebendigen Fleisch des russischen Menschen den unauslöschlichen Durst nach Mitgefühl und das Streben nach dem Guten wachhält, doch in demselben Fleisch, in der »krankhaften« russischen Seele, barg sich in einem finsteren Winkel das leicht erregbare, blindlings aufflammende, meinungsverschiedene, unerklärliche Böse . . .

Ein junger Bursche, der gerade die Berufsschule abgeschlossen hatte, drang betrunken in das Frauenwohnheim des Flachskombinates ein. Dort waren Kavaliere zu Besuche, »Chemiker«, die den Milchbart nicht reinlassen wollten. Es kam zu einer Schlägerei. Der Bursche bezog eine Tracht Prügel und wurde nach Hause geschickt, in die Heia. Da beschloß er, den ersten Menschen, der ihm begegnete, zu töten. Dieser erste Mensch war eine schöne junge Frau, im sechsten Monat schwanger; sie hatte mit Erfolg die Moskauer Universität absolviert und war für die Ferien mit ihrem Mann nach Wejsk gekommen. Der Berufsschüler warf sie am Fuß des Bahndamms zu Boden und schlug lange, hartnäckig mit einem Stein auf ihren Kopf. Schon als er sie niederwarf, wußte sie, daß er sie umbringen würde, und bat: »Töten Sie mich nicht! Ich bin noch jung, und ich werde bald ein Kind haben.« Das brachte den Mörder nur noch mehr in Wut.

Aus dem Gefängnis schrieb der junge Kerl einen einzigen Brief – an die Gebietsstaatsanwaltschaft, mit einer Beschwerde über das schlechte Essen. Vor Gericht brummte er in seinem Schlußwort: »Ich hätt auf jeden Fall einen umgebracht. Was kann ich dafür, daß mir so eine hübsche Frau über den Weg läuft?«

Vater und Mutter, Bücherliebhaber, keine Kinder, keine Halbstarken mehr, beide über dreißig, hatten drei Kinder, ernährten sie schlecht, versorgten sie schlecht, und dann kam ein viertes Kind. Sie liebten sich glühend, fühlten sich schon durch die drei Kinder gestört und konnten das vierte gar nicht gebrauchen. Daher kümmerten sie sich überhaupt nicht um dieses Kind, aber der Junge war zählebig, er schrie Tag und Nacht, dann hörte er auf zu schreien und wimmerte nur noch. Die Barackennachbarin hielt es nicht mehr aus, sie wollte dem Kind Grießbrei bringen und stieg durchs Fenster ein, aber es war zu spät, an dem Kind fraßen schon Würmer. Die Eltern versteckten sich nicht irgendwo, nicht auf einem dunklen Dachboden, sondern im Lesesaal der F.-M.-Dostojewski-Gebietsbibliothek; sie trugen den Namen des großen Humanisten, der aller Welt verkündet, richtiger, wie rasend zugeschrien hatte, er werde keine Revolution akzeptieren, wenn in ihr auch nur ein Kind zu Schaden käme.

Noch ein Fall. Vater und Muter hatten sich gestritten und sich geprügelt, die Mutter lief dem Vater weg, und der Vater ging aus dem Haus, um zu trinken. Warum sollte er auch nicht saufen, sich vollaufen lassen, der Verfluchte? Nur hatten die Eltern zu Hause das Kind vergessen, das noch keine drei Jahre alt war. Als man nach einer Woche die Tür aufbrach, fand man das Kind, das den Schmutz aus den Dielenritzen aß und gelernt hatte, Schaben zu fangen, die es verzehrte. Im Kinderheim wurde der Junge gesundgepflegt, dort besiegte man Dystrophie, Rachitis und geistige Zurückgebliebenheit, nur die haschenden Bewegungen konnte man dem Kind nicht abgewöhnen, es wollte ständig etwas fangen.

Leben kann man auf verschiedene Weise, gut oder schlecht, friedlich oder feindselig, gesund oder kaputt. Leonids Studienkollege und Dienstgefährte Fedja Lebeda etwa lebte gesund und hatte nie einen Kratzer, geschweige denn eine Verwundung davongetragen. Auf seinem Grundstück stand eine nachgerade dreigeschossige Datsche, ganz und gar mit Schnitzwerk verziert, sogar ein kleiner Kamin war vorhanden, und das Haus war mit Keramikplatten verkleidet, die in Form und Farbe an die zwar geschmacklose, dafür aber teure Verkleidung der Gebietsverwaltung für Inneres erinnerten. In Fedja Lebedas Datsche gab es viel Musik, einen Farbfernseher, sogar ein Autochen war da, zwar nur ein Saporoshez, dafür aber der eigene – alles, was gute Menschen so haben, und wohl nicht zusammengeklaut und zusammengestohlen, sondern für das karge Milizgehalt angeschafft. »Man muß zu leben verstehen!« behauptete Fedja Lebedas Frau Tamara, wenn sie angetrunken war; sie arbeitete als Kellnerin im Restaurant »Norden«. Ein Glück noch, daß die von sich selbst, von der Kunst und von der Majakowski-Lektüre begeisterte Lerka, möglicherweise wegen des »sicheren Hinterlandes« in dem Dorf Poljowka, für diese Losung keinen Sinn hatte. Nun, nicht daß sie gar keinen Sinn dafür gehabt hätte, aber sie maß ihr nicht die allerhöchste Bedeutung zu wie die arme Frau, die Leonid drei Jahre zuvor in der Vorortbahn gesehen hatte. Sie saß ihm gegenüber und weinte während der ganzen Fahrt, den Kopf an die Wand gelehnt, wischte sich die Tränen zuerst mit dem Taschentuch und dann, als es salzig durchnäßt war, mit dem Kopftuch ab, das sie allmählich vom Kopf zog; ihre hellen Haare waren nicht zottig, sondern unansehnlich wie verfilzte Wolle, von der letzten Dauerwelle, die lange zurücklag.

»Entschuldigen Sie«, sagte die Frau, als sie Leonids Blick begegnete, machte die Haare und sich selbst ein bißchen zurecht und fügte hinzu: »Ich habe meinen Mann zugrunde gerichtet, er ist ein guter Mensch.« Und brach neuerlich in Tränen aus. Aber sie wollte sich aussprechen, und so erzählte sie ihm ihre eigentlich ganz gewöhnliche Geschichte, so gewöhnlich, daß man laut hätte heulen mögen.

Es waren einmal ein Mann und eine Frau. Bescheidene sowjetische Angestellte mit bescheidenem Gehalt und bescheidenen Möglichkeiten. Sie arbeiteten viel, liebten einander. Bevor ihre Kinder geboren wurden, die Tochter und der Sohn, gingen sie oft ins Kino, manchmal ins Theater, sonntags zum Fluß und im Winter mit Schiern ins Freie. Sie lasen nicht allzuviel und nicht unbedingt das »Richtige«, aber sie lasen, sahen fern, begeisterten sich für Hockey. Es ging ihnen gut, die Kinder wuchsen heran, die Zeit verrann unbemerkt in Arbeit und Sorgen. Aber dann auf einmal sah die Frau im Hof Autos, am Stadtrand Datschen, in den Wohnungen der Freunde und Bekannten Teppiche, Kristall, Tonbandgeräte, moderne Kleider, schöne Möbel . . .

Und da wollte sie all das auch haben, und sie drängte ihren Mann, eine andere, einträglichere Tätigkeit aufzunehmen. Er sträubte sich. Sie drohte ihm mit Scheidung, mit Trennung von den Kindern. Da nahm er eine erträglichere Tätigkeit auf, und zack! brachte er mehr Geld als sein Gehalt nach Hause, und es reichte für einen Farbfernseher! Das nächste Mal brachte er Geld für einen Teppich mit, und beim drittenmal – kam er gar nicht mehr nach Hause. Und nun würde sie fünf Jahre auf ihn warten müssen.

Sie hatte ihn im Straflager besucht, als sie das erstemal die Erlaubnis erhielt, und ihm das erste Lebensmittelpaket gebracht. »Sieh ihn dir gut an, deinen Mann, den Verbrecher! Kannst dich weiden an dem Anblick! Du hast es ja so gewollt!«

»Ich bin vor ihm auf die Knie gefallen, hab ihm die Hände und die Füße geküßt, aber er hat sich von mir abgewendet, hat auf nichts reagiert und auch nicht geweint. Das Paket hat er nicht genommen. Und er hat mir befohlen, ihm mindestens ein Jahr nicht unter die Augen zu kommen. Zum Schluß hat er dann gesagt, daß ihm die Kinder leid tun . . .«

Tja-ha, das Leben ist mannigfaltig, und man kann es mannigfaltig leben. Vor kurzem, Leonid war schon auf Rente gesetzt, schlug nachts die Alarmanlage der neuen Sparkasse eines Neubauviertels an, wo fast kein Geld war. Fedja Lebeda war gemächlich von der Miliz zur Verkehrswache gegangen und von dort zum Betriebsschutz einer Behörde, und als das Signal klingelte, fuhr er mit einem jungen Mitarbeiter los, der eben erst von der Milizschule gekommen war. Fedja Lebeda führte eine Waffe, dennoch ging der unbewaffnete junge Mitarbeiter zu der Sparkasse. Als er näher kam, sah er einen Mann, der sich an der Tür zu schaffen machte. Nun, dann das übliche: »Ihren Ausweis, Bürger.« Der antwortete: »Sofort!«, griff in die Brusttasche, holte eine Pistole hervor und traf den jungen Milizionär aus nächster Nähe mit drei Schüssen.

Fedja Lebeda blieb lebendig und gesund. In seinem Bericht erklärte er, das Objekt sei ganz ungefährlich, und wer habe denn wissen können, daß der hirnlose Bandit eine Waffe hatte. Fedja Lebeda war Hauptmann gewesen und hatte in einem ruhigen Revier gearbeitet, jetzt wurde er Oberleutnant und versah Abteilungsdienst, er war von der ruhigen Arbeit als Betriebsschützer zu einer »unruhigen« versetzt worden, aber auch hier würde er leben und arbeiten nach dem Prinzip: Laß uns in Ruhe, dann lassen wir dich in Ruhe. Und er würde sich zum Major, vielleicht auch zum Oberst hochdienen. Der junge Milizionär aber hatte sofort seinen ewigen Rang erhalten, den Rang eines Toten, weil er nach Fedja Lebedas heimlicher, fester Überzeugung dumm gewesen war. Leonid kannte dessen schlichte Gedanken und Taten, dessen Überzeugung von ihrer unerschütterlichen Richtigkeit nur zu gut. Ein Glück, daß Fedja Lebeda in eine Zeit hineingeboren war, die für Krieg nicht taugte, denn wäre er an die Front gekommen, so würde er mehr als einen jungen Dummkopf den Kugeln ausgesetzt haben, um sich selbst zu schonen, und würde die Gefallenen schnell vergessen haben.

»So sieht das Bild des Lebens aus«, schloß Leonid mit den Worten Alexej Achljustins. »C'est la vie, es fügt sich nicht der theoretischen Analyse«, tönte die Intellektuelle Syrokwassowa. »Ach, das Leben ist herrlich, man möchte wen umarmen, bloß keiner da«, seufzte Kosaken-Lawrja. »Im Leben ist es wie beim Angeln: mal beißen sie, mal nicht . . .« – diese Philosophie Onkel Paschas war wohl die am meisten wirklichkeitsnahe und vor allem einleuchtende, verständliche.

Der Mann, der sich hundertzwanzig Jahre Haft eingefangen hatte, zu Gott zu beten begann und in der Abendschule des Lagers mit besonders strengem Regime dort hinter dem Wald, in den Torfmooren, lesen und schreiben lernte; Polina Silakowa, die mit ihrem Motorrad schneidiger als ein junger Bursche durch die ländlichen Weiten brauste; der Schwiegervater Markel Tichonowitsch, der nicht zur Gerichtsverhandlung kam, »um sich nicht aufzuregen«, die Schwiegermutter, die in ihrem Paradekostüm und Kapronstrümpfen in Potschinok erschien und mit ihrer Miene deutlich zum Ausdruck brachte, daß der Falsche verurteilt wurde und nicht so, wie es nötig gewesen wäre; das Volk, das die Gerichtsverhandlung als spannendes Schauspiel erlebte – das alles, alles war Leben, in dem »sie mal beißen, mal nicht«, so fröhlich, unbekümmert, unvorstellbar hart, unglaublich schwierig und einfach wie die draußen vor dem Bahnfenster vorbeihuschenden Weiler, Wälder, Sümpfe, die sich langsam in den Wald zurückziehenden schläfrigen Wildtiere oder der Hund, der bei dem Streckenhäuschen an seiner Kette zerrte, um den Zug zu beißen.

Um diese Zeit saß Wenjamin Fomin, von der Gerichtsverhandlung erschöpft und vom Schnaps ausgelaugt, schlafend hinter der Trennwand des Gefängniswagens und dachte an gar nichts. Er, die Eltern der unglücklichen Kinder, der Berufsschüler, der eine junge Mutter ermordet hatte, der berühmte Häftling mit der bei einem Fluchtversuch abgeschossenen Hand, der eine Haftstrafe länger als ein Leben verbüßte und zum Gottsucher geworden war – all das hat es schon vor ihnen gegeben und wird es nach ihnen geben, all das ist Leben, Realität, Genosse Leonid Soschin. Nun durchdenke es, steig auf zum Verständnis der Lebenswahrheit, denn was hat es für einen Sinn, Zimmermann werden zu wollen, wenn du keine Axt in der Hand halten kannst?

Die Realität, das Sein alles Seienden auf Erden, die Wahrheit – das ist die Erde selbst, das ist Himmel, Wald, Wasser, Freude, Kummer, Tränen, Gelächter, das bist du selbst mit deinen krummen oder geraden Beinen, das sind deine Kinder. Die Wahrheit ist der natürliche Zustand des Menschen, sie läßt sich nicht herausschreien, herausstöhnen, herausweinen, obwohl sie in jedem Schrei, in jedem Stöhnen, in jedem Lied, in jedem Weinen stöhnt, weint, seufzt, lacht, stirbt und geboren wird, und selbst wenn du gewohnheitsmäßig dich oder andere belügst, ist das auch Wahrheit, und der schlimmste Mörder und Dieb, das gräßlichste Scheusal, der dümmste Natschalnik, der listigste und verschlagenste Kommandeur, all das ist Wahrheit, manchmal unbequem, manchmal scheußlich. Und wenn der große Dichter stöhnend ausruft: »Es gibt nicht Wahrheit in der Welt, hinieden nicht, noch höher!«, ist das keine Verstellung, er spricht über die höchste Gerechtigkeit, über jene Wahrheit, die die Menschen in Qualen durchdenken, und bei dem Versuch, ihre höchste Höhe zu erreichen, stürzen sie ab, gehen sie zugrunde, zerschlagen sie ihr persönliches Schicksal und das Schicksal ganzer Völker, aber wie Bergsteiger klettern und klettern sie den tödlichen steilen Fels hinauf. Das Erreichen der Wahrheit ist das höchste Ziel des menschlichen Lebens, und auf dem Weg dorthin schafft der Mensch – und kann nicht anders – diejenige Wahrheit, die seine Treppe wird, sein Leitstern zum höchsten Licht und zum schöpferischen Verstand.

Der Häftling aber, der sich in einem halben Leben eine Haftzeit für zwei Leben einhandelte und nun um die Rettung der Seele betete – das ist die unschöne

Wahrheit, die sinnlose Wahrheit, und sie ist schlimmer als die Lüge.

Leonid überwand sich doch noch, zwang sich, vom Bett aufzustehen, und massierte vor dem Spiegel sein Gesicht – es sah schon wieder stoppelig aus. Doch nein, es war nur dunkel beim Ausguß, oder das Gesicht war von den Erinnerungen dunkel geworden. So war es wohl am ehesten. Denn vor dem Gang zum Verlag, am Vormittag, hatte er sich geschabt und zurechtgemacht. Leonid befeuchtete den Kamm, zog ihn durch die wirren Haare, strich sich über den Kopf und ging die Post holen. Unter der Treppe war es verschweinigelt wie zuvor. Kippen, Kronkorken, Streichholz- und Zigarettenschachtel, Papier- und Folienfetzen, zertrampelte Heringsköpfe, Brotstücke. Hier hatte sich auf einer ausgebreiteten Zeitung ein Besucher mit allem Komfort niedergelassen: ein vom Limonadeautomaten mitgenommenes Trinkglas, in aufgerissener Folie totes Schimmern von Schmelzkäse, ein angebissener Apfel und eine dunkle, düstere Flasche verschnittenen Süßweins mit Tropfspuren auf dem Etikett.

»He, Freund«, tönte es von dort, »welche Tageszeit haben wir?«

»Morgen.«

»Morgen? Wieder ein Morgen angebrochen. Die Zeit läuft, läuft . . . Und so vergeht das Leben . . .«

Leonid stieg mit seinen Zeitungen die Treppe hinauf, begleitet von Gesang: »Der Mohorgen ist neeblig, der Mohorgen ist grau, schon blaut's in der Feherne, doch fihinster die Au . . .« Der Besucher des Hauses Nummer sieben war ein Melancholiker. Ein melancholischer Sänger.

In der Zeitung steckte ein Brief vom Schwiegervater. Leonid riß ihn ungeduldig auf.

»Guten Tag! Frohe Stunde! Mein lieber Sohn Lenja!

Mein Herz ist bang um Euer Wohlergehen. Wenn ich Flügelchen hätte, flög ich zu Euch. Aber ich kann nicht weg. Die Kuh im Hof hält mich fest wie der Anker das Schiff. Außerdem die ganze Wirtschaft, und die Alte grault sich nachts allein. Früher fürchtete sie nicht Teufel, Pope noch Ehemann, aber ihre Nerven haben nachgelassen im Kampf mit den Feinden des Sozialismus und mit mir . . .«

Leonid schmunzelte und überflog den Brief, er wollte ihn zur Nacht nochmals gründlich lesen.

»Wir haben gehört, Ihr seid wieder auseinander, Du und Deine Frau. Das ist für uns sehr bitter. Was soll man da machen – mir fällt nichts ein. Ich will Dir bloß eins sagen: Wir Männer müssen mit den dummen Weibern Mitleid haben. Was sollen die ohne uns anfangen? Ich hab Dir vielleicht schon erzählt, oder auch nicht, wie ich neunundvierzig weggegangen bin von zu Hause, ich konnte nicht mehr. Ich hatte eine gute Frau aufgetan, eine Witwe aus dem Nachbardorf Tugoshilino, wir kannten uns schon aus der Jugend. Ich hab ihr das Häuschen ausgebessert, ihre Wirtschaft in Ordnung gebracht, den Brunnen gesäubert, das Vieh versorgt, so haben wir gelebt und konnten uns nicht genug freuen aneinander. Aber meine Jewstolija ist allein nicht fertiggeworden, sie kann doch rein gar nichts, nur kläffen und Reden schwingen. Sie ist mich beschimpfen gekommen, hat gegen die Fenster geschlagen. Da bin ich unruhig geworden, denn sie kümmert sich schon im normalen Zustand nicht ums Haus, wie mochte das jetzt dort aussehen, wo ihre Nerven zerrüttet waren. Ich bin hingetrottet wie ein Sklave. Alles verwahrlost, nichts gekocht, die Kuh nicht gemolken, ihr Gebrüll schallte durchs Dorf, die Bienen ließen sie nicht aus dem Haus. Lerka war voller Skrofeln. Wie konnt ich mich da meines Lebens freun, wo die beiden zugrunde gingen? Also bin ich geblieben. Die Alte hat mich Wüstling genannt und überall rumerzählt, sie hätt mich auf frischer Tat ertappt.

Vielleicht solltest Du meine aufsässige Tochter mal anständig vermöbeln? Nicht daß Du sie totschlägst, aber so, daß sie's merkt. Doch wie kannst Du sie schlagen? Sie tut einem ja leid. Ein Weib. Mutter von einem Kleinkind.

Ich warte auf Antwort wie die Nachtigall auf den Sommer! Besucht uns mit Sweta gleich nach Neujahr oder sonst irgendwann. Wir freuen uns immer. Die Kuh kriegt ein Kalb, dann gibt's frische Milch – gut für die Gesundheit. Ich will mich in Euer Leben nicht einmischen und erlaub's auch meiner Alten nicht, aber Ihr tut mir alle so leid! Du bist in Deinem gesellschaftlichen Wachdienst zum Krüppel geworden, und jetzt liegst Du in Deiner Wohnung wie in einer Höhle – nichts gekocht, nicht geheizt, mir laufen die Tränen in den Bart . . . «

Zu Neujahr zieht Markel Tschastschin den dunkelblauen Anzug mit den seit langem dauerhaft daran befestigten Auszeichnungen an, trinkt von dem guten Honigbräu, lächelt freundlich und selig, schenkt auch den Nachbarn ein, stützt sich dann mit der Hand auf und singt: »Ich bin ein armes Mädchen und hab nichts anzuziehen, und darum führt mich niemals ein Mann zum Altar hin. . . « Jewstolija macht hochmütig eine wegwerfende Handbewegung: »Der Wolf kennt ein einziges Lied, und auch das ist geklaut«, dann schmettert sie ihm dazwischen, schallend, abgehackt, unversöhnlich: »Wir sind Schmiede, und wir sind die Jugend, und wir schmieden die Schlüssel des Glücks!« Die alten Frauen fallen freudig ein: »Des Glücks! Des Glück! Des Glücks!« Jewstolijas Blick wird finster, funkelt wie Stahl, von den Schläfen her zieht Blässe über die Stirn. Ihren Tölpel von Mann und die ärmlichen Muttchen kriegerisch ansehend, donnert die Hausfrau die Faust auf den Tisch: »Unser ganzes Leben ist nur Kampf, Kampf, Kampf!«

Die alten Frauen schmeicheln ihr wie gewohnt: »Nicht umsonst hast du soviel Dank und Urkunden gekriegt, Jewstolija, nicht umsonst! Kampf – das ist das Resultat!«

Um den Feiertag nicht durch Gezänk mit seiner Alten zu verderben, die allen Ernstes glaubt, für die Heimat und die heimatlichen Felder viel mehr geleistet zu haben als alle diese Ackerbauern, ihr Mann mit seiner langen Leitung einbegriffen, schleicht Markel in die Ecke, wo statt der Ikonen der Fernsehapparat steht – dort drehen sich Eiskunstläuferinnen in knappen Höschen und dünnen Strümpfchen, und die Röckchen wippen hoch bis zum Bauchnabel.

»Eine Schande ist das! Wo haben die Eltern bloß ihre Augen? Und erst die Behörden! Die jungen Dinger werden doch ganz kränklich von den Erkältungen, dann bringen sie Jungs zur Welt, die nicht zu Soldaten taugen, und wer wird dann die Heimat verteidigen?« barmt Markel vor dem Fernseher. Jewstolija kreischt Schmähliches: »Weiber, der wartet ja bloß, daß die Läuferinnen ihre Höschen verlieren! Aber die rutschen nicht, die rutschen nicht! Ihr wißt ja, was da heutzutage für Gummi drin ist. Synthetischer! Nicht so wie früher bei uns, wenn die Schnur geplatzt ist, oder ein Kerl hat sie kaputtgerissen – wehr dich mal, wenn die Hose baumelt . . .«

»Das stimmt, Jewstolija!« pflichten die Freundinnen ihr bei. »Das Leben war Mist. Rückständig. Finster. Aber jetzt ist's doch ganz gut. Überall elektrisch. Wir gucken fern. Kochen sauber. Hauptsache, man ist gesund . . . «

Das Huhn war längst gar. Durch die Wohnung zog ein Geruch von Wasserpflanzen oder der zähhaftende Gestank des Tugoshilinoer Kälberstalls, den Leonid nicht los wurde, seit er bewußtlos in der Gülle gezappelt hatte. Und auch die Ratte, wenn er nervös oder übermüdet war, quälte ihn im Schlaf, zappelte, kroch über den huckligen Asphalt, und die Krähen hackten sie schreiend auf den Kopf.

Lasch, ohne jeden Appetit nagte Leonid eine Keule des Huhns ab, das so glitschig war, als hätte er's in Seifenwasser gekocht. Dann trank er Tee. Versuchsweise setzte er sich an den Schreibtisch, der wakkelte und knarrte, abends sogar manchmal grunzte. An den Abenden, besonders bei schlechtem Wetter, schmerzte das Bein stärker, und die Schulter brannte. Heute tat alles ganz erbärmlich weh, denn er hatte die Gelenke strapaziert und die Wunden gereizt, als er mit all seiner dämlichen Kraft auf die Strolche eindrosch, die auch ohne seine Hilfe sich zu Tode saufen würden.

Von der Miliz kam kein Anruf, also hatten die drei Kerle keine Anzeige erstattet, sondern sich verbunden, sich geschneuzt, hatten »Mixtur« getrunken und schliefen jetzt irgendwo den tiefen Schlaf des Suffs, und nichts quälte oder beunruhigte sie, und das Herz tat ihnen um nichts und niemand weh.

Auf dem Sofa liegend, streckte Leonid die Hand nach

dem Telefon aus und wählte, ohne Licht zu machen, tastend die Nummer. Er hörte die Frage: »Wen wollen Sie sprechen?« Er sagte es. Und hörte, wie vom Korridor gegen die Wand geklopft wurde.

»Schönen Gruß an die Medizin! Euer Telefon funktioniert ja heute wie ein Uhrwerk.«

»Wir sind noch nicht dazu gekommen, den Hörer abzureißen. Wie geht's?«

»Hinreißend.«

»Was passiert?«

»Wie kommst du darauf?«

»Sonst rufst du ja nicht an. Brauchst du wieder meinen Trost? Schutz vor Feinden?«

»Nicht doch. Die Feinde hab ich schon selbst erledigt.«

»Ach so. Das hört sich ernst an. Wo? Wen? Wie viele?«

»Zu Hause. Unter der Treppe. Drei.«

»Hast du ärztliche Hilfe bekommen?«

»War nicht nötig.«

»Du schaffst es schon noch, tapferer Polyp! Du machst noch so lange, bis sie dir ein Messer in den Rücken stoßen. . . «

Als Antwort auf den »Polyp« wollte er »Primadonna« sagen, aber er verkniff es sich und sprach sich selbst ein Lob aus: Hab ich das nicht gut gemacht? Bin prima trainiert!

»Was ißt du denn?«

»Ein Huhn hab ich mir gekocht. Dein Vater hat mir geschrieben.«

»Mir auch. Und Fleisch hat er mir geschickt. Sie haben ein Schwein geschlachtet . . . Zu Neujahr.«

Leonid spürte ihr Stocken, weil sie beinahe »für unsern Besuch« gesagt hätte. Am liebsten hätte er den

Ton der »angerührten Saite« aufgegriffen und wäre Lerka entgegengekommen, aber schließlich war er Autodidakt und ein Blitzgeist, stolz, modern und wortgewandt.

»Dann bist du besser dran«, sagte er. »Übrigens empfiehlt mir dein Vater, dich zu verdreschen.«

»Das hat er in seiner Lieblingszeitung ›Das Landleben‹ gelesen, in der Spalte ›Nützliche Ratschläge‹. Damit mußt du warten, bis ich fertig bin mit Waschen und Aufräumen, dann von mir aus. Aber da ist noch ein Hindernis – du hast mich ja nicht da zum Verdreschen.« Lerka kämpfte mit den Tränen.

Beide schwiegen.

»Wenn du nichts Dringendes zu tun hast . . . Aber ich wasch grade. Sweta ist bei der Waschmaschine.«

»Ja, ja«, besann er sich.

»Um die Melancholie zu vertreiben, kannst du ja Sweta abholen, wenn ein freier Tag ist. Sie wird dich ablenken. Sie ist eine gescheite und moderne Erstkläßlerin. Jetzt hat sie gehört, was an der BAM für tierisches Geld verdient wird, und will nach der Schule hin. Außerdem fragt sie, wo man Schauspielerin lernen kann. Ab welcher Klasse man ein Goldkettchen und Ohrringe tragen darf. Wieviel mal man sich verlieben kann im Leben. Wo die kleinen Kinder herkommen. Und noch vieles andere, was sie in unserem lustigen Haus gratis beigebracht kriegt. Ich fürchte, deine Honorare werden für sie nicht ausreichen. Oi, ich muß zu ihr!«

»Warte, warte! Sweta kommt zu mir, und du?«

»Wo ich hin will? Zum Rendezvous. Mein Nachbar bemüht sich um mich, ein Bulldozerfahrer. Er verlangt nach Zärtlichkeit . . . Er sucht eine Freundin fürs Leben. 400 Rubel im Monat klotzt er zusammen. . . «

»Ein Bulldozerfahrer ist doch voller Wagenschmiere, und du mußt einen steril reinen Kittel tragen.«

»Ich kann mich ja waschen. Bei der Chemie heutzutage . . . Oi, ich steh wirklich wie auf Kohlen. Sweta kriegt es fertig und steckt die Hand in die Maschine. Das Mädchen ist ungeheuer neugierig.«

»Also auf Wiedersehen!«

»Wiedersehen! Ruf an, wenn du bei Laune bist. Oder wenn du nicht bei Laune bist.«

»In Ordnung.«

»Also, ich leg auf.«

»Also, wenn was ist, dann. . . «

»Was soll denn sein?«

»Schon gut. Ich hab verstanden. Gute Nacht!«

»Dir im Gegenteil!«

»Ja, ich will ein bißchen arbeiten.«

»Jedwede Arbeit sei von Erfolg gekrönt!«

»Danke. Moment noch!«

»Was gibt's?«

»Hast du Tante Granja mal gesehen?«

»Ach, nach ihr fragst du? Vor kurzem erst. Sie wetzte die Straße des Friedens entlang und schleppte ein Riesenbündel. Sie arbeitet jetzt im Haus des Kindes. Sammelt Kindersachen.

»Wie ist sie denn da gelandet?«

»Ganz einfach. Im Krankenhaus lag die allseits bekannte Alewtina Gorjatschewa, die das Kinderheim leitet. Eine solche Kraft mußte die ja abwerben.«

»Tja. Tante Granja verkauft also den Plunder, um den Kindern zu helfen, deren Eltern in den Weiten der wunderschönen Heimat fein leben und sich in Kämpfen und in der Arbeit stählen.«

»Das war schon immer so: Der eine schmeißt weg, der andere sammelt ein . . . Oi, ich leg auf! Ich muß

Sweta baden und hinlegen. Aber eins will ich dir noch sagen: Von allen deinen Verlusten ist Tante Granja der unverzeihlichste, und auf Trost brauchst du nicht zu hoffen.«

»Was soll ich machen? Das Leben ist wirklich viel ernster, als ich gedacht hab.«

»Du wirst allmählich zum Intellektuellen! Das ist die erste Ausrede eines modernen Intellektuellen, wenn er keine Lust hat, den Mülleimer runterzutragen . . . Oi, laß mich gehen, um Himmels willen!« Damit legte Lerka auf.

Leonid behielt den Hörer noch lange in der Hand. Er lag in der Dunkelheit und horchte auf das Freizeichen, diesen Laut aus jener anderen, menschenreichen, mit Arbeit, Gesprächen und Amüsement beschäftigten Welt.

8

Zu dieser anderen Welt zog es Leonid. Er verschloß die Tür und stieg hinunter. Unter der Treppe lag der fremde Mann und schlief friedlich, die leere Flasche war umgekippt.

»Oh Gott! Wie ich das satt habe!«

Draußen herrschte leichter Frost. Es nieselte nicht mehr, nur von den Dächern sickerte Wasser und verlängerte unter den Rillen der Schieferplatten die regelmäßigen Eiszapfen, an deren Spitze jeweils wie ein Glitzersternchen ein Tropfen erkaltete. Am Himmel kratzten sich da und dort schiefgezerrte Sterne durch Dreck und Dunst. Die Lichter der Bahnstation leuchteten heller, die Hochhäuser der Stadt waren dichter aneinandergerückt, und nur am Flußufer schwammen die Lampen noch immer wie Dotter im eiweißartigen Nebel. Die Hügel, die sich hinter der Station deutlicher abzeichneten, waren wie immer voll von heimlicher Nachdenklichkeit und Bedeutsamkeit, und die Lichter und Fenster der Holzhaussiedlung am Stadtrand schimmerten stärker.

Vom Bahnhof schallten Ansagen herüber – eben lief der Leningrader Zug ein, und Leonid wäre so gern ans Ende der Welt gefahren, daß er hätte schreien mögen. Still und heimlich wollte er wegfahren von allem, in erster Linie von sich selbst. Wieder einmal beneidete er die Menschen, die aus irgendwelchen Gründen irgendwohin reisten, um ihre Ziele, Gedanken, Beschäftigungen; irgendwas oder irgendwer zog oder stieß sie in die Ferne, auf die Reise oder wartete vielleicht sogar irgendwo auf sie . . .

Um halb zwölf sollte von Wejsk der blitzblanke Luxuszug nach Moskau abfahren, der den Namen »Morgenröte des Nordens« trug. Vor den offenen Bahnhofstüren parkten, rückwärts zum Bahnsteig, in würdevoller Reihe Autos verschiedener Marken, darunter ein schwarzer Wolga, dessen Nummer Leonid seit langem kannte. In diesem Wagen wurde ein in der Stadt sehr wichtig gewordener Mann gefahren – Wolodja Gorjatschew.

Wolodja Gorjatschews Onkel war der Leiter der Wejsker Eisenbahn, ein strenger, angesehener Funktionär der Stadt, der für das Verkehrswesen, für die Stadt und das Volk viel Gutes getan hatte. Seine Frau Alewtina, eine Seele von Mensch, konnte aus irgendwelchen Gründen keine Kinder kriegen, und als in ihrem Heimatdorf Gorjatschewka die kinderreiche Schwester des Onkels starb, beschlossen die Eheleute, deren Jüngsten,

Wolodja, zu sich zu nehmen. Das taten sie denn auch. Und gewannen ihn lieb. Sie zogen ihn auf und verwöhnten ihn. Das Bürschchen war frech und dickköpfig und strebte schon früh nach Selbständigkeit; natürlich mußte ein solcher »Kader« vom »Berg« heruntersteigen – so wurden die künstlichen Hügel genannt, auf denen die Häuser der Eisenbahnverwalter und die Eisenbahnverwaltung selbst standen – und sich dem Arbeitsvölkchen bei Tante Granjas Kopfgleis anschließen.

Wolodja Gorjatschew arbeitete, wetzte seine Sachen durch. Alewtina stieg des öfteren in die »Niederung« herab, versuchte auf Wolodja einzuwirken und ihn aus dem Arbeitskollektiv herauszuholen, aber wie hätte sie es als einzelne mit der ganzen Gesellschaft aufnehmen sollen?

Einmal wurde Wolodja krank, lag mit Fieber im Bett, aß nichts und trieb Alewtina schreiend aus dem Haus mit der Forderung nach Gebäck und scharfen Äpfeln. »Du hast das Kind total verdorben! Mit lauter kleinen Banditen hat der Junge hier Umgang! Sag was!« fiel Alewtina über Tante Granja her.

Tante Granja überlegte. Sie hatte den Kindern nie Äpfel gegeben, dafür hatte sie kein Geld. Aber dann ging ihr ein Licht auf; freudestrahlend band sie zwei gebackene Kartoffeln, eine Handvoll Zwiebeln und eine Prise graues Salz in ein Tuch und schickte dieses Geschenk ihrem lieben kleinen Arbeiter. Und der fraß das Zeug, fraß es auf, der kleine feine Herr, verputzte alles restlos, beschmutzte mit den gebackenen Kartoffeln absichtlich das schneeweiße Tischtuch, und es ging ihm besser, es ging ihm wirklich besser; als er wieder gesund war, stieg er erneut vom »Berg« hinunter zur Eisenbahn, dieser Dickkopf, um zu arbeiten.

Wolodja Gorjatschew schloß die Schule, aber gewiß

doch, mit der Goldmedaille ab, absolvierte das Technologische Institut, aber gewiß doch, mit Auszeichnung, besuchte dann noch irgendeine Akademie – und stieg ungestüm auf, nur nicht bei der Eisenbahn, sondern beim Bau. In den hohen Posten fand er sich schnell hinein und führte mit Würde und Anstand, soweit das in unsern Tagen möglich ist, die größte Bauorganisation der Stadt Wejsk, bei der mehr als zehntausend Werktätige arbeiteten; wie viele von ihnen Nichtstuer waren, wußte nicht einmal der Chef.

Leonid begegnete Gorjatschew zumeist im Gebietsexekutivkomitee, wo er auf einem stillen Plätzchen Dienst tat, seit er mit dem lahmen Bein aus dem Krankenhaus entlassen worden war.

»Wünsche Gesundheit, Bürger Natschalnik!« Immer wieder mit dieser Floskel begrüßte Gorjatschew seinen Uralt-Mitstreiter im Eisenbahnwesen, salutierte, mit der Hand an der Schläfe, führte sie dann von oben nach unten wie einen Spaten und quetschte Leonids Hand zusammen, um dessen Kraft zu erproben.

»Herzlich willkommen, künftiger ›Chemiker‹!« antwortete Leonid bereitwillig und preßte Gorjatschew die Hand, daß er in die Knie ging.

»Warum gleich ›Chemiker‹!« Gorjatschew schüttelte die schon gepflegte Hand in der Luft. »Mit solcher Mordskraft invalid geschrieben!«

»Unsereiner braucht sie.« Leonid grinste. »Ohne Kraft ist euch Brüdern nicht beizukommen. Du zum Beispiel, das seh ich ganz deutlich, wirst ganz sicher in die Hände der Justiz geraten und von dort geradewegs in die ›Chemie‹. Ihr klaut nämlich.«

»Wir klauen nicht, wir sparen ein.«

»Ja, das hab ich im Radio gehört.« Leonid klopfte mit dem Fingernagel an den Apparat. »Der Weijsker Wohnungsbau hat Tausende von Tonnen Beton, Ziegeln, Eisen und anderem Baumaterial eingespart. Das könnt ihr doch nur, wenn ihr viel mehr geliefert kriegt, als ihr braucht?«

»Aber gewiß doch. Da kannst du drauf warten. Sie schmeißen's uns richtig nach! Wenn man von vielem ein wenig wegnimmt, ist das kein Klauen, sondern eine Umverteilung! Erinnerst du dich an unsere schöne Kindheit, an den Film ›Der Weg ins Leben‹? Weißt du noch?«

»Ich weiß noch alles, was du nicht vergessen hast. . . «

»Was sind wir schon? Brave Kinderlein. In Sibirien, da haben flinke Jungs beschlossen, eine Milliarde zu sparen. Das sind Größenordnungen!«

»Eine Milliarde wollen die abkochen?«

»Du hast ja allerhand aufgeschnappt bei deinen Gaunern! Da braucht nichts abgekocht zu werden. Wenn die Sibirier das liegengebliebene Holz in den Flüssen und in der Taiga einsammeln, Angefangenes zu Ende bauen und in der Landwirtschft Ordnung schaffen würden, könnten sie dem Volk nicht bloß eine Milliarde zurückgeben, sondern vielleicht fünf oder gar zehn. Obendrein mit einer Entschuldigung: Da, unsere Vorgänger haben's verschlampt und versoffen, aber wir sind gut, wir haben's aufgelesen!«

»Erzähl keine Binsenwahrheiten!«

»Ist doch aber wahr! Also du meinst, um die ›Chemie‹ komm ich nicht drum rum?«

»Sehr gut möglich.«

»Eine neue Ära des Lebens naht! Wo du auch hinguckst, überall Äras, Äras. . . «

Auf dem Bahnhof wurde ein großer »Fürst« aus der

Hauptstadt verabschiedet; von wohlmeinendem Volk freundlich umhegt, zeigte er beschwipsten Übermut, fand nicht in die weit offene Wagentür hinein, fiel immer wieder zurück in die bereitwillig hingehaltenen fürsorglichen Hände. Dabei war der »Fürst« nach seiner Kleidung und seinem kümmerlichen, zur Seite rutschenden Bäuchlein zu urteilen, kein allzu hohes Tier, kam von der Hauptverwaltung oder vom Ministerium, allenfalls aus dem ersten Stock, doch sieh einer an, die Wejsker »Honoratioren« drängten zahlreich auf den Bahnsteig. Der Chefingenieur vom Wejsker Wohnungsbau, Wedjornikow, war zur Stelle, ferner der Gewerkschafter Chajussow, ein flinker Schwätzer, ohne den ging ja nichts. Dann zwei verantwortliche Dämchen von der Abteilung Sicherheitstechnik. Dann Dobtschinski und Bobtschinski von der Konstruktionsabteilung, unlängst noch Studenten am Polytech, und weitere, sich zurückhaltender gebende, angetrunkene Persönlichkeiten.

Abseits von allem stand wie auf Kohlen, lauter rote Flecke im finsteren Gesicht, Wolodja Gorjatschew. Auch er winkte dem »Fürsten«, lächelte ihm gequält zu, trank bei dem Wagen, als er hinzugerufen wurde, mit ihm aus demselben Schwenker Kognak, und die verantwortlichen Dämchen klatschten in die Hände und schrien erhitzt: »Trink es leer! Trink es leer!« Dobtschinski und Bobtschinski fielen mit ein. Nikolai Gogol hat die beiden so charakterisiert, daß sie unmöglich besser zu beschreiben sind, darum zitiere ich ihn, mit einer entschuldigenden Verneigung vor unserem genialen Klassiker: »Pjotr Iwanowitsch Dobtschinski, Pjotr Iwanowitsch Bobtschinski – Hausbesitzer . . . beide klein und zierlich, äußerst neugierig und ungewöhnlich einander ähnlich. Ein jeder von beiden verfügt über ein kleines Bäuchlein. Beide sprudeln ihre Worte nur so hervor und unterstützen dies ungemein mit Gesten und Handbewegungen. Dobtschinski ist ein wenig größer und ernsthafter als Bobtschinski, Bobtschinski dagegen ist beweglicher und aufgeschlossener als Dobtschinski.«

Dobtschinski und Bobtschinski von Wejsk trugen andere Vornamen als Gogols Helden: der eine hieß Edik, der andere Wadik. Außerdem trugen die beiden technischen Beamten nicht Gehröcke aus feinem Tuch, sondern moderne Sonntagsanzüge von ausländischem Zuschnitt. Unter den weit offenen milchkaffeebraunen Schaffellmänteln aus Jugoslawien zeigten sich immer wieder die hellblauen Universitätsabzeichen am Jakkenrevers, die den Sinn hatten, vorzuführen, daß diese Leute sehr hohe Bildung besaßen. Statt der Schöpfchen von Dobtschinski und Botschinski hatten sie lange Mähnen; trotz ihrer Jugend hatten sie den ganzen Mund voller Goldzähne, hinzu kamen goldene Siegelringe und Manschettenknöpfe sowie feierliche Krawatten, die nachgerade aus Arabien oder Persien stammen mochten. Geschickt und bereitwillig stützen Dobtschinski und Bobtschinski den runden Popo des »Fürsten« ab, da dieser immer wieder abzurutschen und herunterzufallen trachtete und es zu Dobtschinskis und Bobtschinskis Entzücken auch immer wieder tat. Die verantwortlichen Dämchen liefen kreischend der über den Bahnsteig kullernden Pelzmütze hinterher und stülpten sie gerührt auf die hohe, weise Glatze des teuren Gastes.

Inzwischen wurden in den Wagen Gläser und Gefäße mit marinierten Steinpilzen, Weidenkörbe mit gefrorenen Moosbeeren, mit Birkenbast umflochtene Dreiliterflaschen voller Gebräu aus dem Wejsker Kloster hineingereicht; um den Hals des »Fürsten« hingen drei

Paar spielzeugkleine Bastschuhe, in einem buntgemusterten Kasten klirrten Flaschen, und eingewickelt in Pergamentpapier, umschnürt von einem karierten Kirchenschleifchen, verschwand aus Wejsk wieder mal eine uralte hölzerne Ikone, die seinerzeit der Zerstörung entgangen war.

In dem allgemeinen Getümmel lief schreiend, alle mit seinem Blitzlicht blendend, bis zum Gürtel aufgeknöpft, hemmungslos, herausfordernd angeberisch und besoffen der Wejsker »Streiter der Felder« herum, Kostja Schaimardanow, den Leonid kürzlich im Krankenhaus, als der erschien, um über seine, Leonids, Heldentat zu schreiben, zu überreden versucht hatte, durch die Dörfer des Kreises Chailowsk zu fahren und sich in der Presse ernsthaft und prinzipiell für die Verteidigung des Dorfes einzusetzen. »Aber was schert diesen Arschlekker das Dorf?«

Der Zug »Morgenröte des Nordens« setzte sich ehrerbietig in Bewegung; den Gast respektkvoll abschirmend, klappte der majestätische Wagenschaffner in seiner Paradeuniform das Treppenblech hoch. Der »Fürst« winkte mit seiner Zobelmütze und schickte dem Volk Luftküsse zu. Die verantwortlichen Dämchen schluchzten: »Besuchen Sie uns wieder! Herzlich willkommen! Jederzeit gern!« Dobtschinski und Bobtschinski liefen stolpernd neben dem Zug her und haschten nach der Hand des »Fürsten«, und wäre der Zug mit dem Tempo von Gogols Zeit gefahren, sie wären bis Moskau mitgelaufen, ohne es zu merken. Aber man war im zwanzigsten Jahrhundert! Pufferteller knallten, Eisen knirschte, die Motoren der Elektrolok heulten auf, der Zug enteilte und ließ die einsamen kleinen Gestalten von Dobtschinski und Bobtschinski in verwaister Einsamkeit zurück auf den verschmutzten, trostlosen Bahngleisen, ein Stück hinter der Station, bei der Anlage für die technische Durchsicht der Wagen.

Leonid wollte an Gorjatschew vorbeigehen, aber der hatte ihn wohl längst bemerkt, er nickte ihm zu und schloß sich ihm an, den Blick in die leeren Himmelshöhen gerichtet. Die roten Flecke waren noch nicht aus seinem Gesicht gewichen, und Leonid hatte den Eindruck, daß er im stillen wüste Flüche ausstieß.

»Bring's rein! Bring's rein in die Komödie!« zischte Gorjatschew durch die Zähne. »Und vergiß nicht, im Finale zu erwähnen, daß die Hauptverwaltung jetzt alle unsere Bestellungen ausführen wird. Dieser erlauchte Knilch wird alle wichtigen Leute verständigen, daß man in Wejsk besser empfangen wird als sagen wir, in Tscheboksary. Er selbst hat rein gar nichts, ›Der Grenzer steht auf Post!‹, wie mein Jurka singt, also kann er bei den Burshuis nichts abstauben, also wird er sein Volk, sein Vaterland bestehlen, bemogeln und alles uns geben – die für Tscheboksary bestimmten Schürfraupen, Baumaschinen, Arbeiterwohnwagen, wird unsere Technik mit Ersatzteilen versorgen. Wir werden den Plan für den Wohnungsbau erfüllen, wir werden die Geflügelfabrik vorfristig übergeben, den Schweinekomplex in Betrieb nehmen und endlich das Jugendtheater fertigbauen! Allen wird es gut gehen: den Arbeitern, den Bauern, der Intelligenz. In Tscheboksary aber wird es Tadel regnen wegen der Nichterfüllung des Plans, den einen und andern werden sie auch feuern . . . Pfui Teufel, verflucht!« Grojatschew spuckte aus. »Wann hört das endlich auf?« Er hatte seit seiner Jugend ungeachtet der hartnäckigen Bemühungen Alewtinas nie zu einem würdevollen Benehmen finden können. Alewtina, die ihren Lebensabend bei ihm verlebte, pflegte sich bei seinen Kraftausdrücken ans Herz zu greifen und allen zu versichern, daß er, wie schon sein Onkel, in der Leitungstätigkeit verlottert sei und es seit der Akademie kein Auskommen mit ihm gebe, und sie bemühe sich nach Kräften, die unschuldige reine Seele des Enkelchens Jurka gegen den schlechten Einfluß des Vaters abzuschirmen.

Wolodja Gorjatschew öffnete die Tür seines Wolga und nickte.

»Steig ein, Bürger Natschalnik, ich nehm dich mit. Wenn ich später im Knast sitze, läßt du mir außer der Reihe ein Lebensmittelpaket durch.«

»Danke, Wolodja, ich geh zu Fuß.«

»Tut dir nicht das Bein weh?«

»Ach, das Bein!« Er sah Kostja Schaimardanow mit dem Fotoapparat von Wagen zu Wagen hüpfen und alle aufrufen: »Fahren wir, Männer, fahren wir! Im Kloster sind die Tische noch brechend voll! Das braucht doch nicht umzukommen!«

»Ach, das Bein . . .«

»Gauner!« Gorjatschew verzog bei Kostjas Geschrei das Gesicht, hielt die Wagentür offen und prahlte: »Wir bewirten unsere Gäste nicht mehr im Restaurant. Nein, im ehemaligen Speisesaal des Klosters! Wir setzen ihnen berauschenden Kwaß vor, dazu Weihbrötchen, eingelegten Kohl vom Faß, Pilze, Fischsuppe aus getrockneten Stinten. Auf solchem Niveau kämpfen wir für den Plan und für den Fortschritt!« Der müde Natschalnik knallte ärgerlich die Tür zu und brauste davon, um weiter zu fluchen, weiter zu bauen, weiter zu tricksen, um die Objekte fristgerecht und vorfristig zu übergeben – kurz, um zu arbeiten und dabei gut zu überleben.

Unweit des Sasontjew-Dampfbads, das schon geschlossen hatte, stieß Leonid auf den Schecken Kosaken-Lawrjas. Dieser konnte sich nicht von seinen Kumpels trennen – Onkel Pascha, dem alten Aristarch Kapustin und noch einem Grüppchen standfester ehemaliger Krieger, die vor Leonids Augen alt geworden waren. Leonid schnappte sich den Zügel, wendete das Fuhrwerk, hieß die Zecher einzusteigen, brachte sie zu ihren nahen Häusern und verfrachtete als letzten Lawrja zu seiner Frau.

»Dieser Rotzbengel hat dich beinah ins Jenseits befördert, was? Weißt du, ich wollt dich im Krankenhaus besuchen, aber ich hab den Gaul am Hals, und meine Frau spioniert mir nach. Sie läßt mir kein bißchen Freiheit, besonders abends. Nach dem Krieg, da hab ich in Wejsk herumkosakt, au, hab ich rumkosakt! Sie hat kein Vertrauen mehr. Lenja, trinkst du denn gar kein bißchen? Ich hab was. Da!« Kosaken-Lawrja holte eine Flasche aus dunklem Glas mit dem Aufkleber »Wagenschmiere« aus der Jacke.

»Ich darf nicht, Onkel Lawrja, kein Tröpfelchen!«

»Dieser Hund, wie der dich kaputtgemacht hat! Lenja, kannst du vielleicht meinen Traber nehmen? Ich hab, scheint's, bißchen schwer geladen.«

»Mit Vergnügen, Onkel Lawrja! Aber erst bring ich dich nach Haus, gut?«

»In Ordnung, Lenja, in Ordnung. Und deine Wunde – bis zur Hochzeit ist alles wieder gut. Guut! Ich hab so viele Verwundungen gehabt, und alles bestens! Bestens! Und ich trink. Und zu meiner Alten kriech ich auch noch manchmal rüber, hä-hä-hä. Verzeih mir altem Esel, Lenja! Der Schnaps will prahlen. Und meine Alte, die wird mir jetzt einen Kampf liefern, dagegen war der Krieg das reinste Kinderspiel!«

Nachdem Leonid Kosaken-Lawrja bis zu seiner

Wohnungstür gebracht hatte, lief er rasch wieder treppab und trieb das Pferd an, denn die Frau des Frontkosaken würde sich wie beim Signal der Angriffstrompete auf denjenigen werfen, der ihren Mann begleitete. Und dann war's noch gut, wenn er mit Vorwürfen davonkam. Womöglich kriegte er den Besen zu kosten.

Die dick mit alten Arbeitshosen gepolsterte Tür der unteren Wohnung war angelehnt, und kaum war das Halbzentnergewicht, das schon vor dem Krieg vom Güterhof in das damals neugebaute Haus Nummer sieben gebracht worden war, hinter Leonids Rücken gegen den schon fast zur Hälfte durchgewetzten Türpfosten gekracht, mit einem Donnerschlag, der das hölzerne Gebäude erschütterte, da linste die alte Oma Hoppehopp heraus und winkte ihm mit dem Finger.

»Lenja, Lenja! Komm rein, sieh dir das an! Was wir haben.« Und sie ließ ein glückliches Lachen hören.

In dem vorderen Zimmer drehte sich vor dem Spiegel Oma Hoppehopps Enkelin Julka, auch sie hell lachend in strahlendem Glück. Ein Traum hatte sich erfüllt: Sie trug einen Samtanzug von dunkelblauer oder schwarzvioletter Farbe mit einem Goldsaum an den Taschen und Kanten. Das Wichtigste an diesem Putz war die Hose: an den Seiten eine Reihe von Kupferknöpfen, und da waren auch – o Wunder! o Entzücken! – Glöckchen, drei an jedem Oberschenkel, und wie die klirrten – eine Symphonie! Jazz! Rock! Pop! Alles war drin in diesen runden Kullerglöckchen, alle Musik der Welt, alle Kunst, der ganze Sinn des Lebens mitsamt seinen lockenden Geheimnissen! Zu dem dunklen Anzug trug sie einen schneeweißen Rollkragenpulli italienischer Herkunft, Schuhchen mit dünnen Absätzen, eingelegt mit Gold, wenn auch nur mit Blattgold, und dazu eine seidig graue Perücke, die wie unabsichtlich zerzaust aussah.

»Oi, Onkel Lenja!« Julka fiel Leonid um den Hals. »Ich bin ja so glücklich! So glücklich! Das haben Papa und Mama mir mitgebracht. Seeleute haben sie's abgekauft, in Riga. Teuer natürlich. Aber dafür. . . «

Sie haben sich losgekauft! Schon wieder haben sie sich losgekauft von dem eigenen Kind, dachte Leonid stirnrunzelnd und löste Julkas knochige Ärmchen von seinem Hals.

»Du erwürgst mich noch in deiner Begeisterung!«

»Das mach ich! Das mach ich!« kreischte Julka wie von Sinnen.

Auf dem Tisch standen eine Flasche »Rigaer Balsam« und ein Viertelliterfläschchen Wodka, daneben lagen eine Handvoll geräucherte Zwergmaränen, eine hastig und ungeschickt geöffnete Dose Sprotten, ein Haufen Äpfel, ein Stück Rigaer Roggenbrot in Papierhülle und noch etwas Krümmeliges, Zerdrücktes, in Eile auf den Tisch Geworfenes. Auch von der Oma haben sie sich losgekauft! dachte Leonid mit einem resignierten Seufzer und gab sich alle Mühe, seinem Gesicht eine Miene glückliche Mitgefühls zu verleihen.

»Gratuliere, Julka, gratuliere! Steht dir prima«, sagte er möglichst freudig. »Jetzt hast du sämtliche Freier der Eisenbahnersiedlung, i, was sag ich, aller Siedlungen, aller Straßen und Bezirke der Stadt Wejsk am Spieß wie ein Schaschlik!«

»Ach, was du redest, Onkel Lenja! Immer mußt du mich auf den Arm nehmen. Aber der Anzug steht mir doch wirklich gut, Onkel Lenja, stimmt's?« sagte Julka, trat von ihm weg und zupfte scherzhaft kokettierend an den Hosenbeinen, daß die Glöckchen klirrten.

Oma Hoppehopp tanzte vor Begeisterung und klatschte in die Hände.

»Trink mit mir, Lenja! Wo wir doch solch eine Freude haben!« bot Oma Hoppehopp von ihren Reichtümern an und schenkte von dem »Balsam« ein. »Ein nützliches Getränk. Du kriegst nichts!« sagte sie mit einem strengen Blick auf die Enkelin.

»Ich will auch keinen. Ich hab schon probiert, der ist ja so bitter. Sekt, das ja!«

Leonid goß aus dem Gläschen etwas ab, verdünnte den »Balsam« mit Wodka, trug der Oma auf, nicht mehr als dies zu trinken, und wandte sich zum Gehen.

»Lenja, soll ich dir vielleicht was kochen? Oder den Fußboden wischen? Wir kommen beide. Still, du Pißnelke!« zischte Oma Hoppehopp die Enkelin an. »Zieh den Anzug aus!«

»Oi, Oma! Ich lauf mal rasch ins Wohnheim zu den Mädchen, ja?«

»Paß mir auf! Aber mach schnell«, erlaubte die Oma.

Leonid unterdrückte einen Seufzer und stieg hinauf zu seiner Wohnung. Es war schon bald zwei Uhr nachts. Die junge Modenärrin würde dort ihren Putz vorführen, die Oma würde inzwischen noch nachlegen und einschlafen. Julka würde am Morgen zurückkehren, vielleicht auch gar nicht. Die Oma würde grob schimpfen, die Enkelin anbrüllen, das Handtuch schwenken . . .

9

In dem Haus Nummer sieben der Eisenbahnersiedlung war die alte Oma Hoppehopp vor achtzehn, vielleicht auch vor zwanzig Jahren bei ihrem Sohn Igor Adamowitsch Sudin zugezogen, aber es schien, als wohnte sie schon ewig hier, wäre nie weggewesen noch von irgendwoher gekommen. In Wirklichkeit hatte sie ein recht buntes, inhaltsreiches Leben hinter sich. Sie sagte, auf das Fensterchen zeigend, von sich selbst, sie käme »von dorten, vom Westen«. Als Bahnhofsbüfetteuse hatte sie schon früh eine Vorliebe für scharfe Getränke und für das männliche Geschlecht gefaßt, und von Vergnügungen dieser Art bis zum Verbrechen ist es ein kurzer Weg: Sie beging eine Unterschlagung und landete zur Umerziehung in einem Frauenlager weit jenseits des Baikal. Dort wurde eine Eisenbahnstrecke gebaut. Es war eine lange Strecke. Arbeit gab's reichlich. Vor allem Erdarbeiten. Die Büfetteuse Soja bekam einen großen Spaten in die Hand und wurde bei der Dammschüttung eingesetzt. Aber sie war an schwere Arbeit nicht gewöhnt. Ihre Mutter, Köchin im Bahnhofsrestaurant, hatte die Tochter nie zur Arbeit angehalten, und es ist ja altbekannt: Des Kutschers Pferd gestorben, der Witwe Kind verdorben.

Einen Tag, noch einen, eine Woche lang schippte Soja Erde, und die Arbeit schmeckte ihr nicht. Eines Tages rempelte sie rein zufällig den Natschalnik des Wachkommandos mit der Schulter und kreischte: »Huch, du Braunäugiger, hättest mich beinah umgeschmissen . . . « Und wie stumpf der Natschalnik auch war, das feine Angebot begriff er doch, er lud Soja zu sich ein, gab ihr zu rauchen – und es verging kein Monat, bis die Büfetteuse Soja von den allgemeinen

Arbeiten in die Kantine als Geschirrwäscherin versetzt wurde, na, und von dort war es nur noch ein Katzensprung bis zu dem ersehnten Posten hinterm Büfett für die Kommandeure; hier hielt Soja auf sich, trank kaum vor den Augen der Natschalniks und ließ sich nicht mit verheirateten Kerls ein.

Blond, scharfäugig, mit kurvenreicher Figur und unablässigem Lächeln, wohl auch mit helltönendem unbekümmertem Lachen, wenn es wen anzumachen galt, riß sie die ihr auferlegten drei Jahre sorgenfrei ab und machte sich dann mit dem Entlasungsschein in der Tasche auf in Richtung Westen. Aber dorthin war es weit zu fahren, und die langersehnte Freiheit lockte mit den reizvollen Dingen des Lebens. Soja fuhr und fuhr, da sah sie bei einer Station eine kleine Grünanlage mit einer Bank, und auf der mit dürren gelben Blättern besäten Bank saßen zwei Männer, die hatten eine Halbliterflasche zwischen sich stehen, und auf einer Zeitung lagen eine Riesengurke und ein Knust Brot.

Soja stieg aus dem Zug und sagte zu den Männern: »Gießt mir was ein.«

Sie gossen ihr was ein. Man plauderte sich fest. Als Soja sich besann, war der Zug weg! Aber sie hatte es ja nicht eilig. So ging sie die Strecke entlang, immer in Richtung Sonnenuntergang, denn wo die Sonne unterging, da war Westen, das hatte sie von der Schule her behalten. Sie ging und ging, da wurde sie müde. Vor sich sah sie ein gelb angestrichenes Häuschen. Rund um das Häuschen gab es allerlei Bauten, einen Zaun, seitlich einen Brunnen mit Eimer, und auch ein Hund war da, der saß angekettet und blickte die Gleise entlang, erwartete jemand.

Soja bog von den Gleisen ab. Der Hund, dessen Kette an einem Draht lief, tobte und fletschte die Zähne und knurrte Soja fürchterlich an. »So, du willst mich also fressen, Hund. Aber in der Sowjetunion leben zweihundert Millionen. Wieviel bleiben übrig? Siehst du! Alle kannst du nicht fressen!« Nach wenigen Minuten hatte der Hund alles verstanden, alles begriffen, und er lag, wie der Natschalnik der Wache, mit dem Kopf auf Sojas Brust, küßte sie auf den Mund, leckte sich genüßlich die Schnauze, wedelte mit dem Schwanz, winselte hingebungsvoll.

Innerhalb des Zauns, hinter den Nebenbauten, flatterten Hühner, weiter hinten, in einem niedrigen Stall wälzte sich ein schwerer Körper und klagte mit Schweinestimme über seine Einsamkeit: »Ach-ach, ach-ach.« Im Gemüseschlag, zwischen den noch nicht abgehauenen Kohlhäuptern, ging eine Kuh herum und kaute was. Als sie Soja erblickte, muhte sie: »Muuuh!«

»Du, du«, echote Soja, trat näher, umarmte die Kuh und befeuchtete sie mit wehleidigen Frauentränen. Die freundliche, gutmütige Kuh hatte die Farbe welken Laubs, auf der Stirn saß eine Blesse, und das eine ihrer beiden Hörner ragte, ganz normal, wie eine bleiche Mondsichel über ihrem Kopf, das andere aber stand aus irgendwelchen Gründen nach vorn, stieß fast ins Auge, als hätte es der Hausherr im Suff weichgekaut.

Das Häuschen war nicht verschlossen. Soja trat ein und sah sich um. Es hatte zwei Hälften und einen russischen Ofen mit Vorherd. In der vorderen Hälfte, die kleiner war, befand sich die Küche mit allem Zubehör; hinter der Trennwand aus gespunteten Brettern, mit der Zeitung »Gudok« beklebt, lag die gute Stube mit einem fiskalischen Bett und einem massiven Tisch. Auf den Fensterbrettern Blumen, zwischen den Fenstern gerahmte Fotos, rechts eine Anrichte mit Geschirr, links ein Schrank und längs der Wand eine hölzerne Bahnhofsbank. Auf sämtlichen hölzernen Gegenständen war die strenge Abkürzung MfV eingekerbt.

Der Raum war nicht übel, vollgestellt, nur trug der ganze Haushalt das Gepräge einer derben Männerhand und roch nach Petroleum.

Aber den Petroleumgeruch übertrumpfte ein Duft nach kräftiger Kohlsuppe mit Fleisch. Soja warf einen Blick in den Ofen, und richtig! In der Glutmulde stand ein eiserner Topf mit Kohlsuppe, daneben eine Pfanne mit einem krustig gebackenen Pamps aus Kartoffeln, Milch und Eiern. Soja war hungrig und holte all diese guten Dinge aus dem Ofen, fand auch im Vorraum einen Zuber mit Gurken und auf dem Ofen einen Korb mit großen Tomaten, zum Teil leicht angefault. Die Besucherin deckte den Tisch und blieb nachdenklich im Zimmer stehen. Im Winkel hing die Ikone irgendeiner heiligen Jungfrau, davor stand ein dunkelblaues Glas, das ewige Lämpchen. Soja öffnete die Truhe, die an die Bretterwand herangerückt war. Hier fand sich das Gesuchte nicht. Sie überlegte weiter, dann stürmte sie mit einem Juchzer in den Vorraum, dort stand eine Kiste, daneben ein Trog mit Sand, die Kiste enthielt Kannen mit Petroleum, Laternen, Spaten, Schienenschuhe, Flaschen, Gläser, Knallkapseln und sonstiges Eisenbahnergerät. Über der Kiste hing eine Hausapotheke, und darin fand sich – wo auch sonst? – Sprit in einem flachen Fläschchen aus Aluminium, gleichfalls mit MfV gezeichnet. Soja verdünnte etwas davon in einem Glas, wartete ab, bis das vom Wasser getrübte chemische Produkt sich beruhigt hatte, trank das Glas leer und speiste dann mit gutem Appetit. Die Kohlsuppe enthielt ein schönes Stück Schweinefleisch, das teilte sie brüderlich in zwei Hälften, verdünnte auch nochmals Sprit im Glas, stellte es auf den Tisch und deckte ein Stück Papier darüber, damit das Getränk nicht verdunstete. Nach kurzem Nachdenken brachte sie die Essenreste dem Rüden, den sie mit Polkan anredete. Der Hund hatte einen anderen Namen, den er jedoch von Stund an verachtete und für immer vergaß; den neuen Namen empfand er als Auszeichnung, ihm verliehen von der Besucherin, die, wie sich herausstellte, lange bleiben sollte.

Soja räumte den Tisch ab, dann fühlte sie sich müde, und sie schlug das Bett auf; es roch nach Mann, der Kissenbezug war lange nicht gewaschen und der Bettbezug auch nicht. Sie entnahm der Truhe ein Laken, einen Kissenbezug und ein Handtuch, ging zum Brunnen, wusch sich die Füße und, nach einem scharfen Blick zum Wald, auch weiter oben, erschauernd vor dem kalten Wasser, strich sich mit den Händen über das zufriedene, vom Wasser gerötete Gesicht, fuhr mit dem Kamm durch die Haare, schaute in den Wandspiegel und zwinkerte sich mit dem linken Auge zu, und zwinkern, wenn überhaupt etwas, das konnte sie!

Adam Artjomowitsch Sudin, der Streckenwärter, war, wie es einem Adam geziemt, Junggeselle, er hatte sich noch keine Eva angeschafft. Dann und wann besuchten ihn Evas von der Station oder von der Bahnmeisterei, die zwölf Werst von seinem Posten lag, aber gewöhnlich hatten sie bald die Nase voll von der Taigalandschaft und dem eintönigen Leben und machten sich davon. Jetzt kam Adam von der Strecke, von seinem Kontrollgang nach Hause. Du liebe Güte! In seinem Häuschen, in dem ihm von der Eisenbahn zugewiesenen fiskalischen Wohnraum, in seinem Bett lag schlafend eine blonde Eva mit frischem Gesicht. Eine Heilige, anders konnte es nicht sein! Sie hatte seine Behausung betreten, alles Erforderliche gefunden, hatte gegessen und getrunken – und von allem nur die Hälfte, die Hälfte! Das gehörte sich so für Eva – Adam, dem Arbeiter, die Hälfte zu lassen, denn sie hieß ja auch so: die Hälfte –, die Menschen sollen eben nach Gottes Geheiß und nach der Gerechtigkeit leben, sei es in dieser, sei es in jener Welt. So urteilte Adam, indes er hastig die Kohlsuppe löffelte. Vom Löffel kleckerte es ihm auf die Brust, da er kein Auge von Eva ließ, und je länger er aß, desto mehr packte ihn Eile und Ungeduld. Der Herrgott! Der Herrgott hatte ihm, dem in der Einsamkeit verwilderten Manne, eine Frau geschickt. Er mußte es gewesen sein, der Wohltäter! Von der Streckenverwaltung hatte er keine großen Lieferungen zu erwarten, Petroleum, Laternendochte waren äußerst knapp, um Werkzeug brauchte er gar nicht zu bitten, da hieß es dann, er solle sich selber Werkzeug besorgen und Futter und ein Weib! Die Weiber aber lagen bei der Eisenbahn nicht herum. Aus drückendem Drang ging Adam manchmal zur Bahnmeisterei, bei Regen, Frost oder Sturm – es war schon so manches vorgekommen, doch ob für ihn etwas abfiel, konnte er vorher nie wissen, das richtete sich ganz nach den Umständen.

Adam rutschte nervös auf seinem Stuhl herum. Ein alter Kerl, man kennt das, freut sich auch über drei Tage alte Kascha, doch was hatte er hier? Zum Teufel mit der Kohlsuppe und dem Essen! Adam warf den Löffel hin, verhedderte sich in seinen Sachen, als er sich bis auf die Unterwäsche auszog, trat sich manierlich die Füße am Läufer ab, hob die Zudecke und schlüpfte behutsam in die gemütliche, gut vorgewärmte Tiefe des Bettes. Da lag er nun, Adam, und streckte sich demütig aus – er wurde nicht weggejagt. Da rückte er näher an

Eva heran und hörte dies: »Nein, diese Kerle! Die reinsten Tiere! Sie kommen aus Frost und Wind. . . und dann mit den kalten Pfoten an den nackten Körper!«

So also kam Adam zu seiner Eva und wunderte sich über sich selbst. Ihr gemeinsames Leben war lustig und bisweilen auch stürmisch. So manches Mal lief Adam mit Brecheisen oder langstieligem Hammer hinter seiner Eva her, das Gerät hocherhoben. Aber er konnte sie nie einholen. Flink war sie! Einmal ballerte er mit der Schrotflinte nach ihr – und verfehlte sie. Er wollte sich an der Reckstange vor den Fenstern des Streckenhäuschens aufhängen, aber der Strick riß, und alles wegen der verhängnisvollen, seinen Verstand trübenden Leidenschaft: Eva liebte das Volk, und das Volk liebte sie auch.

Aufs Standesamt ging Soja nicht eher mit, als bis der Sohn geboren wurde, dem sie den modischen Namen Igor gab. Der Junge wuchs in der Freiheit gut und rasch heran, Soja kam mit ihm zur Ruhe, wurde eine sorgende Mutter und trachtete nicht mehr zum Bahnhofsbüfett zu entschlüpfen. Adam nahm sich vor, ihr noch zwei Kinder zu machen, eine Tochter und einen Sohn, um sie an sich zu binden. Aber sie ließ sich nicht mit irdischen Sorgen und Kinderreichtum belasten. Als Igor groß war und auf die Eisenbahnerschule kam, um den Beruf des Elektrolokführers zu erlernen, nahm Eva ihr früheres wildes Leben wieder auf.

Igor stand im Beruf und hatte schon geheiratet, als seine Mutter im Haus Nummer sieben der Wejsker Eisenbahnersiedlung bei ihm erschien und erklärte, ihr Mann sei schon in vorgerücktem Alter gewesen, als sie sich mit ihm zusammentat, marschiere nun auf den Tod zu, und sie wolle fortan bei dem Sohn leben, weil sie sonst niemand habe, bei dem sie leben könne.

Sie lebte bei ihm. Lange. Seit Urzeiten. Die Bewohner des Hauses mit seinen acht Wohnungen, wenn sie was zu erledigen hatten, ins Kino wollten oder eilig irgendwohin mußten, schoben ihre Kinder durch die Tür der unteren Wohnung, und alsbald tönte von dort das gewohnte »Hoppe-hoppe-hopp, hoppe-hoppe-hopp. . . « Oma Soja ließ wieder ein Kind auf ihren Knien reiten, manchmal ein paar Stück gleichzeitig.

Oma Soja war eine fürchterliche Zotenreißerin und trank gern. Wenn sie angetrunken war, sang sie gemeine Lieder, die sie ein wenig »auf anständig« zurechtmachte. Das klang dann etwa so: »Auf der Erde – Vater, Mutter pumpen emsig Milch zu Butter, ich steh da, ich armer Tor, mach mir selber etwas vor.« Wenn sie übler Laune war, kramte sie in Erinnerungen, wie im Straflager Ganoven, Banditen und sonstiger Abschaum »das Gekröse gequetscht«, das heißt auf menschlich, den Frauen »ihrer Welt« den Hof gemacht hatten.

Die Kinder, ein helles Völkchen, stellten den Originaltext von Oma Hoppehopps Liedern wieder her und posaunten sie durch die ganze Siedlung. Wolodja Gorjatschew pflegte das Haus Nummer sieben eigens zu besuchen, um Oma Hoppehopps Folklore auswendig zu lernen. Die alte Soja Sudina hatte mit der Zeit ihren eigentlichen Namen verloren, weil in dem Maße, wie die Leute Kinder in die Welt setzen, ihr »Hoppe-hoppe-hopp« Tag und Nacht nicht mehr verstummte. Sie suchte lange nach einem Reim auf »Hoppe-hopp« und half sich dann so: »Hoppe-hoppe-hopp, auweia, einst verlor ein Mann die Leier, suchte, suchte, fand sie nicht, schnitt ein trauriges Gesicht.« Aber die Kinder des Hauses Nummer sieben und seiner Nachbarschaft konnten sich unter »Leier« nichts vorstellen. Die Oma probierte es mit »Geier«, aber auch dieser Text befriedigte sie nicht so recht, und da beschnitt ihr Verstand, der dem der Kinder schon wieder sehr nahe gekomen war, den Weg des Neuerers und bereicherte die russische Folklore mit einer frechen Novität: »Hoppe-hoppe-hopp, auweia, einst verlor ein Mann zwei Dreier, suchte, suchte, fand sie nicht, schnitt ein trauriges Gesicht.«

Diese letzte Fassung stellte jedermann zufrieden, weil der Text nunmehr eine direkte Anspielung auf Lohn und Dankbarkeit enthielt. Jedwede Hoffnung auf die Hilfe der Oma wurde fortan mittels »Dreiern« verwirklicht, für die sie Trinkbares erwerben konnte – in kleinen Mengen und nicht gar so schädlich. Die Oma Hoppehopp, seit die Enkelin Julka bei ihr wohnte, trug dem Sohn auf, die Rente zu sparen und ihr einmal wöchentlich aus eigener Tasche ein Viertelliterchen zu stiften. Die Rente der Oma war klein: Als Streckenwärtergehilfin bekam sie zweihundertfünfzig Rubel in altem Geld.

Mit der Enkelin wurden die Umgangsformen der Oma milder, und ihre finsteren Erinnerungen erloschen in dem Gefühl einer lichten, wenngleich unvernünftigen Liebe zu Julka, vielleicht trübten sie sich auch von selbst, und wenn ihre Enkelin, ein kränkliches, weinerliches und immer verrotztes Kind, mal gesund war, dann schloß die Oma die Augen und ließ in sich etwas vom Leben und von den Jahren schon ganz und gar Verschüttetes wieder lebendig werden: »Gestern ging ich übern Fluß, Faulbaumzweige brechen, gab dem Liebsten einen Kuß, mußt ihm was versprechen.« – »Steh nicht auf der Brücke, winke mir nicht zu, bin nicht mehr die Deine, nenn mich nicht mehr du.« Und mit stiller, tränenloser Trauer ließ sie eines Tages dies wieder auferstehen: »Du mein liebes, schönes Mädchen, Kerze mit dem Flammenfädchen! Mußtest brennen und verblassen, liebtest mich, hast mich verlassen.« Sie sang, fuhr dann auf, blickte in die Runde, ob auch niemand guckte, und drückte die runzlige Stirn an die Scheibe des Fensterchens, das der Zimmermann seinerzeit in die Wand geschnitten hatte und das nach Westen blickte, in ihre Heimat, von wo sie vor Urzeiten weggegangen war.

Julkas Mutter, eine Bürohockerin, war oft krank und sollte eigentlich nicht gebären, aber sie hoffte, mit Hilfe der Schwangerschaft gesund zu werden, und sie wurde auch so weit gesund, daß sie alle Jahre mit Freifahrkarten der Eisenbahn in Kurorte reiste, mit dem Mann und ohne Mann, und eines Tages nicht wieder zurückkehrte; es hieß, sie sei im Schwarzen Meer ertrunken.

Igor, noch jung, aber schon gesetzt, verdiente in seinem Beruf viel Geld und blieb nicht lange Witwer. Die Lehrerin Viktorina Mironowna Zarizyna von der Schule der Arbeiterjugend, an der er sich um mittlere Bildung bemühte, hatte aus frühester Jugend, schon vom Pädinstitut her, Zwillingstöchter, Klara und Lara, und sie half ihrem Schüler bei der Bildung einer neuen Familie und brachte ihm auch sonst noch allerhand bei.

Viktorina hatte eine Wohnung in einem Haus der Eisenbahnverwaltung. Igor vergaß bald die Nummer des alten Hauses, und so blieb Julka, obwohl sie doch Eltern hatte, quasi als Waisenkind bei der großen Pädagogin Oma Hoppehopp, die der Enkelin, wenn sie in der Schule schlecht war, wüste Flüche an den Kopf warf und mit dem Handtuch hinter ihr herlief, wenn sie nicht parieren wollte.

Als Julka sechzehn war und Oma Hoppehopp sah, daß sie hübsch wurde, den Jungen nachguckte und unruhig schlief, verkuppelte sie sie mit einem trunksüchtigen Spitzbuben. Das bläulichgesichtige, dünnbeinige und unterentwickelte Mädchen, das sich wegen geistiger Zurückgebliebenheit nicht am Pädinstitut halten konnte, wurde von Viktorina in ein Institut für Vorschulerziehung gesteckt und plagte sich dort so manches Jahr, quälte sich und die Erziehungswissenschaften.

Julkas Eltern, die in dem Haus der Eisenbahnverwaltung die Zwillingstöchter großgezogen hatten, fanden Gefallen an Reisen und Sanatoriumsaufenthalten, gingen ihren Vergnügungen nach, bereisten Europa und die angrenzenden Länder, schafften sich ein Datschengrundstück an und wurden hingebungsvolle Blumenzüchter. Julka ließ sich derweil von Kavalieren fertigmachen, unter denen, wie Leonid sich entsann, auch der Modenarr in dem Fellmantel mit den Huzulenornamenten war. Er mochte mit seinen Kumpanen unter der Treppe auf Julka gewartet haben, und ausgerechnet da war Julkas oberer Nachbar nach Hause gekommen.

Oma Hoppehopp konnte ohne Julka nicht leben, und sie brachte ihr Verstand bei wie ein Feldwebel seinen Infanteristen, ohne in ihren Ausdrücken wählerisch zu sein:

»Mach nicht gleich für jeden Hergelaufenen die Beine breit. Und zähl die Tage, oder nimm die Ampulle.«

»Kapsel heißt es, Großmutter. Eine Ampulle ist immer aus Glas.«

»Ist doch schnuppe, oder? Lieber einmal die Plage, aber dafür die Freiheit. Und was ist das überhaupt für ne Mode – jedesmal fünfzig Rubelchen für die Abtreibung! Wo soll euer Vater die Füffis für euch herkriegen? Von deiner Sorte hat er ja drei Weibsstücke, und alle drei frühreif und geil. Nach wem schlägst du bloß?

Ich war ja auch 'ne Verrückte, aber doch mit Verstand! Die Töchter von der da, von der Zariza, die sind Lehrerinnen, aber die juckt es auch zwischen den Beinen . . . «

Die Oma schläft, nachdem sie noch kräftig von dem leckeren »Balsam« genascht und auch das Viertelchen alle gemacht hat. Julkas Aufzug versetzt die Freundinnen aus dem Wohnheim des Instituts für Vorschulerziehung, die in etwa das gleiche Verstandesniveau und die gleichen geistigen Reserven haben wie sie, in helle Aufregung. Noch immer nörgelt Onkel Pascha dem alten Aristarch Kapustin, der sein »Gewissen verloren« hat, die Ohren voll und versucht, ihn auf den Pfad der Gerechten zurückzuführen, diesen Aasgeier, der in jedem Frühjahr die Fische aus den vergifteten Teichen und Seen schöpft und sich mit faulen Tricks wie »Fernseher« oder »Kopftücher« amüsiert – so habe er's nicht mehr weit bis zum Fischen mit Sprengstoff und bis zum Gefängnis. Kosaken-Lawrja, der einen Vulkanausbruch überstanden hat, wartet auf die Stunde, in der die flüssigen Gesteinsschichten erkalten und sich im Schoß des brodelnden Kraters absetzen werden, um dann auf Zehenspitzen zur Toilette zu schleichen, wo hinter dem gluckernden Klosettbecken inmitten von Farbflaschen und Waschpulverpaketen das Gefäß mit dem sachlichen Aufkleber »Wagenschmiere« steht – das verfluchte Tröpfchen läßt ihn noch nicht im Schlaf Erschlaffung finden. Im Haus des Kindes schläft – oder auch nicht – Tante Granja, die feinfühlig den Schlaf der kleinen Menschen bewacht, dieser im Unglück verwaisten Kinder, von ihren Eltern verlassen oder versoffen.

Zur Nacht schließen Klubs, Stadions, Restaurants, Bibliotheken, Kulturpaläste, aber Flugzeuge fliegen,

Züge fahren, Wachmänner stehen auf Posten. Irgendwo schläft im Gefängniswagen, dichtgedrängt mit ebensolchen Saufsäcken wie er, der Wenjamin Fomin aus Tugoshilino und weiß nicht, wohin sie ihn bringen. Sie bringen ihn aber weit weg und für eine lange Zeit – die Reste des schon ziemlich verplemperten Lebens werden kaum für eine Rückkehr reichen.

Hinter vorgelegten Holzriegeln und Eisenhaken schlafen getrennt in der überheizten Bauernstube die Eheleute Tschastschin; verstohlen atmend, um »das« nicht aufzustören, kämpft Markel mit der Schlaflosigkeit, sehnt sich nach der Enkelin, denkt an den Schwiegersohn und die Tochter, wohl auch an den Krieg – wenn Leute da sind, kommt er kaum auf den Krieg zu sprechen, läßt nur manchmal einen Stoßseufzer hören: »Gib, daß das nie wiederkommt, Herrgott . . .«

Die Denkerin und Förderin der Wejsker Kultur Oktjabrina Perfiljewna Syrokwassowa, nachdem sie ihre Wunderkinder befummelt hat, blättert schläfrig in dem zerlesenen Manuskript eines gewissen Leonid Soschnin.

Der große Natschalnik Wolodja Gorjatschew geht schlafen und schickt, wie er glaubt, stille Flüche an die Adresse des Gastes und sämtlicher Zustände, die nicht er eingeführt hat, die aber ihn in die Schwerelosigkeit einer Umlaufbahn hineinziehen. Alewtina, die die schallende Stimme ihres von Gott gegebenen Söhnchens mit der ihres verblichenen Gatten verwechselt, deckt den Enkel Jurka bis oben zu, dreht das hellblaue Licht des Nachtlämpchens von seinem Gesicht weg, blickt hinaus ins Licht der Straße und denkt an die Kinder des ihr anvertrauten Heims, wo sie, um die Schuld ihrer Kinderlosigkeit gutzumachen, sich müht, die Unbarmherzigkeit der liderlichen und verbrecherischen Frauen aus dem Leben und dem Gedächtnis der Kinder zu tilgen und ihren weiteren Lebensweg zu ebnen.

Lerka und Sweta, die sich müde gearbeitet haben, schlafen Arm in Arm auf dem schmalen Sofa in dem kleinen und stickigen Zimmerchen der übervölkerten Steinbaracke, die entsprechend der neuen Ära sinnigerweise in »Wohnheim vom Hoteltyp« umbenannt worden ist. »Überall Äras, Äras«, erinnert sich Leonid.

Wer mag in der Revierwache Fedja Lebeda abgelöst haben? Irgendeinen Menschen schlagen in dieser Nacht die drei tapferen Kerle zum Krüppel, beleidigt über die Niederlage im Haus Nummer sieben und aus Gier nach Rache.

Vor dem Fenster schaukelt die Laterne, bröckeln im Wind die Eiszapfen. Den Stirnscheinwerfer in die Nacht bohrend, die nächtlichen Fahrgäste mit ihrer Baßstimme beruhigend, fährt die E-Lok an, auf ihr vielleicht Julkas freigebiger Vater, der nach dem Urlaub im baltischen Modesanatorium auf seine erste Fahrt geht. Immer seltener werden die Straßenpassanten, immer langsamer kreist die Erde, und Lerka und Sweta schlafen, schlafen . . . »Ich weiß, ihr seid nicht aufrichtig zu mir. Wie oft gab ich mir selbst schon das Versprechen, zu gehen, weg von diesem bösen Tier, doch ist es dann soweit, mit ihr zu brechen – wie könnt ich anders leben als mit dir?« O Mutter Gottes, was ist das für eine Eigenschaft des Menschen, Dummheiten im Gedächtnis zu behalten, Dinge zu sehen, die er besser nicht sähe, nicht so zu leben wie andere gute Menschen, die, ohne Grübeleien, ohne Depressionen, einfach leben? Das konnte Leonid noch entrückt von sich denken, dann mochte er ein paar Minuten geschlafen haben, da plötzlich warf ihn ein schrilles Geheul vom Sofa – ein Mensch wurde gequält, oder irgendein versoffener Strolch hatte sich die spät und heimlich heimkehrende Julka gegriffen und zerrte sie unter die Treppe.

Leonid fuhr in die Hose und sah verwundert an dem bauchigen Kleiderschrank vorbei zum Fenster hinaus, von wo eisig die Kälte des Morgens hereindrang, da sprang die Tür, die er zu schließen vergessen hatte, krachend auf, Julka stürzte über die Schwelle und kroch mit augestreckten Armen auf ihn zu.

»Onkel Lenja! Onkel Lenja! Die Großmutter. . . «

Leonid sprang über Julka hinweg, sauste treppab zur unteren Wohnung, riß die Tür auf.

Die Oma Hoppehopp lag, die dürren Händchen auf der Brust gefaltet, mit einem zutraulichen und freundlichen Halblächeln auf dem Bett, auf deren Zudecke, in ihren Kleidern, mit vertragenen Hauslatschen, und sah ihn mit halbgeschlossenen Augen an. Leonid zupfte ihr die kalten Lider herunter, dann schüttelte er die Keramikflasche Rigaer Balsam – die Großmutter hatte nicht auf ihn gehört und das »nützliche Getränk« alle gemacht.

Er hätte ihr zur Nacht die Flasche entziehen sollen, aber nein, er hatte seine eigenen Sorgen und Angelegenheiten gehabt. Jeder hat seine eigenen Angelegenheiten. Bald wird es keinen mehr geben, der sich um andere Menschen kümmert.

»Hör auf!« schnauzte er die in der Tür wimmernde Julka an. »Lauf und hol den Vater, hol Viktorina, du rotzige Rumtreiberin! Was wirst du jetzt machen ohne die Großmutter? Wie willst du leben?«

»Oi, Onkel Lenja! Geh nicht weg. Ich hab solche Angst . . . Geh nicht weg . . .«, haspelte Julka, warf das Pelzmäntelchen über, brachte die Knöpfe nicht in die Schlingen. »Ich beeil mich. Bin gleich wieder da.«

Die Oma Hoppehopp wurde reich, fast üppig, und von vielen Menschen in die andere Welt geleitet – ihr Söhnchen Igor Sudin gab sich ein letztes Mal Mühe für seine liebe Mutter. Sie wurde auf dem neuen Friedhof beigesetzt, der erst kürzlich neben dem alten eröffnet worden war; auch den alten gab es erst seit fünfundvierzig, beide lagen auf einem kahlen, steinig-lehmigen Hügel, aber auf dem alten Friedhof stand schon ein dichter Wald, teils angepflanzt, teils aus Samenkörnern gewachsen, die von jenseits des Flusses, aus dem Schutzwaldstreifen der Stadt Wejsk und von den Eisenbahnanpflanzungen herbeigeflogen oder einfach mit dem Schuhwerk, mit den Rädern von Pferdefuhrwerken, Lastautos und Leichenwagen eingeschleppt worden waren; das Leben auf Erden lief weiter, der Dünger in der Erde mehrte sich. Alles ging seinen Gang.

Nachdem Leonid eine Handvoll Erde auf den mit Atlas ausgeschlagenen Sarg der Oma Hoppehopp geworfen hatte, stapfte er freudig und unaufhaltsam durch den Schnee, der nach dem Tauwetter gefallen war, zum alten Friedhof, und sein Blick suchte nach der dicken Espe, die von selbst gewachsen war, Orientierungspunkt auf dem Weg zum Grab seiner Mutter und Tante Linas.

Neben einer frischgestrichenen, gepflegten Grabumzäunung sah er einen im bläulichen Schnee schwankenden schiefhalsigen Schatten im Eisenbahnermantel und mit Baskenmütze. Er wollte Tante Granja nicht beim Gebet stören und ging vorüber, verwundert nur, daß sie, die immer eine stattliche Frau gewesen war, nur noch die Größe eines Schulmädchens hatte. Das Foto von Tschitscha auf der kleinen Grabpyramide war weggebrannt oder von Schnee und Regen zu einem grauen Fleck verwaschen, aber Tante Granja schien in dem

Fleck noch immer ihren Mann zu erkennen. Sie flehte Gott an, ihm zu vergeben und zu gegebener Zeit auch sie nicht zu vergessen, die Sünderin, sie still und ohne Qualen zu sich zu nehmen, und der Stadtsowjet möge doch in Ansehung all ihrer Opfer und Bemühungen für die Gemeinschaft ausnahmsweise gestatten, sie auf dem geschlossenen Friedhof zu beerdigen, neben dem Begleiter ihres Lebens, den Gott ihr, wie er auch war, gegeben hatte.

In der Grabumzäunung der Mutter und Tante Linas lag hoher Schnee, gesprenkelt von Rußflocken, die aus den Schloten der Stadt hierhergeflogen waren. Leonid wickelte den Draht, der das Türchen schloß, nicht ab, ging nicht hinein. Er hielt sich an den spitzen Lanzen fest, die an die Querstäbe geschweißt waren, stand da und schaute auf diese stille Stätte, versuchte vergeblich, sich vorzustellen, wie diese ihm teuren Frauen da unterm Schnee in der Erde, in der grimmigen Kälte existierten. Er konnte gar nichts für sie tun, konnte ihnen nicht helfen, sie nicht wärmen, sie nicht kosen. Was war das nur – dieser Tag, der Himmel hoch, hell von Schnee und der plötzlich durchgebrochenen Sonne, und dieser dichtbevölkerte Friedhof, wo unterm Schnee eng beieinander, ohne einen Laut von sich zu geben, die beiden Frauen lagen, die niemand außer ihm, Leonid, kannte? Wo waren sie? Sie waren doch gewesen! Sie waren gewesen! Und die Menschen hier, alle Menschen, die in der Runde lagen, waren gleichfalls gewesen. Sie hatten gearbeitet, gedacht, gerackert, sich vermehrt, hatten Habe gehäuft, gesungen, gerauft, sich versöhnt, waren verreist oder hatten es vorgehabt, hatten jemand geliebt, jemand gehaßt, hatten gelitten, sich gefreut . . .

Und nun hatten sie nichts und niemand mehr nötig, für sie war alles stehengeblieben, und wie sich die

Lebenden auch den Kopf zerbrachen, um den Sinn des Todes zu begreifen und sich selbst zu erklären – es kam nichts dabei heraus. Wie sie sich auch beschuldigten, die Schuld der Lebenden gegenüber denen, die die irdischen Grenzen verlassen haben, hört niemals auf.

In jedem Frühjahr wurde auf dem Friedhof Müll verbrannt, und wenn zu dieser Zeit Wind aufkam, griffen die Flammen auf Gräber und Kreuze über. Alles, was aus Holz war, verbrannte, und bei allem Eisernen schmorte die Farbe weg. Viele Gräber des Friedhofs gingen verwüstet in den Winter, verschwanden unter dem Schnee, Grabmäler und Umzäunungen rosteten, Gräber verödeten, der Schnee verbarg alles Verbrannte, bedeckte es mit einem weißen Leichentuch – ein sehr passendes Wort –, verhüllte mit gramvollem Leichentuch diesen Hort menschlichen Kummers und Jammers.

Die Flammen hatten auch das Grab der Soschnins heimgesucht, der Anstrich der Umzäunung war weggeschmort, die Fotos in den halbrunden Öffnungen der Grabmäler waren verbrannt. Leonid hatte die Umzäunung und die schlichten Grabmäler im Sommer hellblau gestrichen, hatte ein Bänkchen in die Erde geschlagen, aber keine neuen Fotos angebracht. Wozu? Auf den Fotos aus früheren Zeiten waren die beiden Frauen jung und hatten kaum Ähnlichkeit mit denen, die in Leonids Erinnerung lebten. Im Krieg hatte seine Mutter keine Zeit gehabt, sich fotografieren zu lassen. Tante Lina hatte nach dem Lager nicht der Sinn danach gestanden, sie hatte sich, heimlich vor ihm, Leonid, der Kirche zugewandt. Es hatte keinen Zweck, für Fremde und Gleichgültige Fotos anzubringen – Schein und Trug gab's auch außerhalb der Friedhöfe mehr als genug. Er erinnerte sich an seine Mutter, mehr noch an Tante

Lina, er liebte sie, trauerte, litt um sie wie jeder, der noch ein Herz in der Brust hat, weil er lebt, jene aber so greifbar nahe liegen und zugleich so weit weg, daß nie wieder jemand sie greifen, sehen, kränken, freuen, stoßen, schmähen wird. Auch der Himmel, den die sorglose, nichtwärmende Sonne so hell erstrahlen läßt, hat keine Bedeutung für sie – sie liegen in der Erde, und über ihnen ist Erde, die sie sicherlich längst zerdrückt, die ihren Moder in sich aufgenommen hat, so wie vorher Millionen und aber Millionen Menschen schlichte und geniale, schwarze und weiße, gelbe und rote, Tiere und Pflanzen, Bäume und Blumen, ganze Nationen und Kontinente – sie muß so sein, die Erde: seelenlos, dumm, dunkel und schwer. Wenn sie fühlen und leiden könnte, wäre sie längst zerfallen und ihr Staub im Raum verweht. In sich aufnehmend, was sie geboren hat, nimmt sie auch menschliches Leid in sich auf, erhält so den Menschen die Fähigkeit, weiterzuleben und derer zu gedenken, die vor ihnen gelebt haben.

»Vergebt mir, Mutter und Tante Lina«, sagte Leonid, zog die Mütze, machte eine tiefe Verbeugung und konnte sich nicht gleich wieder aufrichten; so sehr beschwerte ihn die Trauer, die sich in ihm gestaut hatte, daß ihm die Kraft fehlte, den Kopf zur hellen Wintersonne zu heben und sich vom Fleck zu rühren.

Nach einer Weile spürte er Kälte am Kopf, stülpte mit beiden Händen die Mütze auf und ging, ohne sich umzusehen, mühsam die Tränen aus der verengten Kehle hustend, zum Friedhofstor, er mochte die abgehustete Nässe nicht in den Friedhofsschnee spucken.

Vor dem Ausgang des alten Friedhofs bemerkte er zwei kleine Gestalten: die eine in tailliertem Mäntelchen und Polarfuchsmütze, sie tänzelte, schlug die modischen

Stiefel gegeneinander; die andere kleiner, mit einem großen runden Kopf wie eine Pusteblume – gottlob hatten sie daran gedacht, das Kind in Tante Linas dicken Wollschal zu wickeln, dazu Filzstiefel mit Galoschen, dörfliche Handschuhe aus Schafwolle und ein plumper Pelzmantel, so stand das Kind da mit komisch abgespreizten Armen. »Um kein leeres Gespräch aufkommen lassen: wir haben den Bus verpaßt, alle Autos waren weg, wir sind vom neuen Friedhof hierher für alle Fälle. . . « Leonid hob im Gehen Sweta hoch und drückte sie an sich. Sie schlang ihm schweigend, fest die Arme um den Hals, legte ihm den Mund ans Ohr und atmete vorsichtige Wärme hinein.

Sein Gang kam Lerka verärgert vor, Leonid humpelte mehr als sonst, und seine Schuhe, voller Schnee, knirschten scheußlich in der glasig vereisten Kufenspur. Da sie nicht wußte, was sie sagen und tun sollte, neckte sie ihn im stillen mit dem grausamen Kinderverslein: Rira-rut, wer Geld hat, der ist gut. Und wenn er kein Geld haben tut, hau ich ihm auf den Hut! Was mach ich? Bin ich übergeschnappt? Total verwildert? bremste sie sich. Er hat doch das schlimme Bein, es geht ihm sichtlich schlecht, er kann ja die derben Milizstiefel nicht mehr tragen. . . . Ergeben trippelte sie hinter ihrem Mann her, und nun knirschten auch ihre Stiefel.

Wo gehst du hin? wollte sie protestieren, sich sträuben, als Leonid vom Friedhof zu dem Weg abbog, der hinunter in die Eisenbahnersiedlung führte, aber er würde ganz sicher schreien: Nach Hause! Du hast dich nicht in fremden Winkeln rumzutreiben! Außerdem sollte dort im Haus Nummer sieben der Leichenschmaus sein, vielleicht mußte sie Tante Granja und Viktorina helfen. Sicherlich gab es viel zu tun, er hatte schwere Tage und viele Laufereien gehabt, dazu die

Arbeit mit der Syrokwassowa, außerdem hatten Rowdys ihn überfallen. Immer wieder überfällt ihn irgendwer, er hat überhaupt ein angespanntes Leben. Weshalb ist das so? Wieviel frische Gräber sind auf dem neuen Friedhof? Ganz schwarz sieht der aus. Dabei ist er erst im Herbst angelegt und eröffnet worden. Weshalb verkürzen sich die Menschen das Leben? Weshalb treiben sie einander auf den Friedhof? Das Gegenteil müßten sie tun. Gemeinsam müßten sie die Schwierigkeiten meistern, die Mißstände ertragen . . .

»Wo treibst du dich rum?« zischte Tante Granja Leonid an, kaum daß im Haus Nummer sieben hinter ihm das Gewicht gegen den Türpfosten gekracht war. »Die zweite Schicht muß an den Tisch, aber da sitzen die Veteranen, ein Lied wollen sie singen . . . «

»Was soll ich machen, Tante Granja?«

»Schaff sie weg! Schmeiß sie raus! Sie sollen hier nicht stören . . . «

»Ich bin nicht mehr bei der Miliz, Tante Granja.«

»Na und? Einer muß doch Ordnung schaffen! Der Hausherr hat sich vollgesoffen, der will nichts sehen und hören, der trauert um seine Mutter.«

Tante Granja war ungewohnt ärgerlich, beinahe böse. Das kam wahrscheinlich von der Arbeit im Haus des Kindes. Die Schicksale der Kinder, schon bei der Geburt von ihren Mamileins und Papileins verkrüppelt, mochten das Menschenherz nicht gerade mild stimmen, sie konnten sogar eine Dulderin wie Tante Granja verhärten. Ein Mamilein hatte sich unlängst auf besonders pfiffige Weise ihres Säuglings entledigt – sie hatte ihn auf dem Bahnhof in einem Schließfach abgelegt. Ein Glück, daß die Wejsker Milizionäre sämtliche einstigen und amtierenden Fachleute für Schlösser kannten. Ein versierter Einbrecher, der unweit des Bahnhof wohnte, öffnete flink das Schließfach, holte das Bündel mit den rosa Schleifchen heraus und hob es vor einer erbitterten Menschenmenge hoch. »Ein Mädelchen! Ein Kindelchen! Ich nehm's zu mir! Fürs ganze Leben! Das Kindchen«, verkündete der Einbrecher. »Weil nämlich . . . Ach, diese Hunde! Solch ein kleines Kind!« Weitersprechen konnte er der viele Male vorbestrafte, festgenommene, eingesperrte »Märtyrer« nicht, Schluchzen würgte ihn. Und das Schönste, er nahm das Mädchen wirklich fürs ganze Leben zu sich, lernte Möbeltischler, arbeitete bei der Firma »Progress«, wo er auch eine barmherzige Frau fand, und nun rackerten sie sich beide für das Mädchen ab, pflegten und schmückten es und hatten solche Freude an dem Kind und an sich selbst, daß man einen Zeitungsartikel mit der Überschrift »Eine edle Tat« hätte schreiben mögen.

Leonid zog Sweta die warmen Sachen aus, stellte die Kasserolle mit der Suppe auf den Herd, zündete Papier an, schob Holz hinein. Sweta saß ein Weilchen auf ihrem alten Hocker neben dem Herd, nahm dann einen Besen und fegte den Fußboden.

Lerka stand mit dem Rücken an die Tür gelehnt und blickte in das mitttlere Zimmerchen, wo eine Ecke des leidigen Kleiderschranks zu sehen war. Der Hausherr forderte sie nicht auf abzulegen und näherzutreten. Er versorgte die Feuerung. Sie, seine »Primadonna«, die kein einziges Mal mit einem anderen Mann zusammen gewesen war, hatte Furcht, sich auszuziehen, »häuslich zu werden«. Sie würde Zeit brauchen, um sich wieder an ihn und das Haus zu gewöhnen, ihre Scheu zu bezwingen oder was immer das sein mochte, was nicht jeder Dummkopf kapierte.

»Na, ich geh runter.« Leonid nickte zur Tür hin. »Es

muß sein. Du kannst warme Suppe essen, Sweta, du kannst was lesen, vielleicht spielst du auch, oder mach dir den Fernseher an. Ich weiß gar nicht, ob er geht, ich habe lange nicht geguckt.«

Sweta hörte auf mit dem Fegen, sah ihn stirnrunzelnd an, blickte dann zur Mutter. Lerka trat wortlos von der Tür weg, ließ ihn durch.

Unter der Treppe lag ein aschgraues Häufchen in einer zerfließenden Lache. Die »Mülltonne«! erriet Leonid. Zu Hochzeiten und anderen Festen ließ man sie längst nicht mehr, aber jemand von einem Leichenschmaus verjagen, das geht nicht, so will es der Brauch. Auch ein russischer Brauch.

He! kochte es plötzlich in Leonids Brust hoch. He, Frau! Komm her, sieh dir meine Geliebte an! So hättte er am liebsten Lerka stichelnd an den kürzlichen Skandal erinnert, doch er zügelte sich. Ein Satz von Kosaken-Lawrja kam ihm in den Sinn:»Leonid Wikentjewitsch, du bist ja total bescheuert, total! Wie kannste bloß so böse sein, mein Jungchen!«

»Nicht umsooonst hat das Land uns den Ooorden verliehen,
das weiß jeder tapfere Kämpfer im Feld.
Wir sind kampfbereit, Genosse Woroschilow,
wir sind kampfbereit, Genosse Stalin, unser Held!«

Die Hand aufgestützt, sangen halblaut am Tisch Kosaken-Lawrja, Onkel Pascha und der alte Aristarch Kapustin, und die Nachbarn, die vielen »Zöglinge« der Oma Hoppehopp und einfache Bekannte summten mit den Veteranen mit und befeuchteten die Augen mit dem zusammengeknüllten Tüchlein.

Igor Sudin lag bäuchlings auf dem Bett seiner Mutter,

im Jackett, geputzte Schuhe an den Füßen, ohne sich zu rühren, ohne etwas zu sagen. Viktorina blickte immer wieder forschend und beunruhigt zu ihm hin, während sie höflich den Gästen auftrug. An der Schmalseite des Tischs thronte in ihrem herrlichen Anzug, dem ausländischen Pulli und der seidigen Perücke gänzlich unpassend und allen fremd Julka. Sie fing den Blick des hereinkommenden Leonid auf und lächelte ihm verwirrt zu.

»Komm zu mir, Onkel Lenja, bitte!«

Die Sänger waren bei Leonids Eintritt verstummt, doch er setzte sich mit an den Tisch und sagte ohne die erwartete Strenge:

»Singt nur, singt. Macht nichts. Oma Soja hatte eine fröhliche Natur, sie hat gern gesungen. . . «

»Oi, Großmutter, Großmutter«, schrie Julka wild auf und fiel Leonid an die Schulter.

Er streichelte die aufs Ohr gerutschte, nicht für ihren kleinen dummen Kopf gemachte Perücke und hustete heiser, weil ihm plötzlich die Kehle zu eng war.

Lerka kam herein. Leonid rückte zur Seite und machte ihr Platz neben sich auf dem Brett, das als Bank über zwei Stühle gelegt und mit einem abgetretenen Teppich bedeckt war, den Viktorina von zu Hause mitgebracht hatte.

»Gott schenke ihr das Himmelreich, der lieben Großmutter«, sagte Lerka mit gesenktem Kopf, schöpfte mit dem Löffel von dem Honigreis aus der breiten Schale, führte ihn mit untergehaltener Hand zum Munde und kaute lange, ohne den Blick zu heben.

Tante Granja bekreuzigte sich und brach in Tränen aus, die Nachbarinnen zogen die Nase hoch, weinten, wischten sich das Gesicht, und jemand sprach den gewohnten Satz, an den sich niemand je gewöhnen wird: »So ist es, das Leben, es war und ist nicht mehr.« Keiner nahm den Faden auf, keiner mochte das traurige Gespräch fortführen, man versuchte auch nicht mehr zu singen, und so kam weder ein langes, die Seele reinigendes Gespräch zustande noch ein trauriges, linderndes Lied, das die Menschen auf Freundschaft und Mitgefühl eingestimmt hätte.

In der Nacht lag Leonid, ohne sich zu rühren, im frischbezogenen Bett. Hinter der dünnen Trennwand schniefte im Schlaf Sweta, die sich auf dem Friedhof erkältet hatte. Schüchtern an ihn geschmiegt, schlummerte Lerka. In ihrem hölzernen Gehäuse tickte exakt die alte Wanduhr, die Sweta so gern mit dem Schlüssel aufzog. Leonid vergaß es immer wieder, und schon vierundzwanzig Stunden nach der Zerstörung des Ehebundes war das Gewicht auf dem hölzernen Fußboden zur Ruhe gekommen und die Uhr verstummt. Und es war still, die Zeit war stehengeblieben in der Wohnung Nummer vier. Leonid dachte darüber nach, wie und woher die altertümliche, wieder modern und wertvoll gewordene Uhr in die proletarische Wohnung gekommen sein mochte – das Alte war überhaupt in Mode. Aber ihm fiel nichts ein, und er hatte auch keine Lust nachzudenken. Eine seltene, wenn auch hellhörige Ruhe war in seiner Wohnung und in seinem Herzen. Er sah ein, daß er sein Leben irgendwie in Ordnung bringen, sich darin zurechtfinden und, bevor er sich ganz und gar an den Schreibtisch setzte, auf neue Art, sozusagen gründlicher und umfassender, alles durchdenken müsse, was mit ihm und um ihn vorgegangen war und noch vorging; er mußte lernen, die Menschen anders als früher zu sehen und zu verstehen, nicht mit den Augen des scharfsichtigen und gnadenlosen »Bullen«, sondern mit denen eines Menschen anderer Bestimmung. In seiner Dienstzeit war es einfach gewesen, die Menschen zu »sortieren« in Säufer, geschiedene Weiberhelden, Gauner, kleine und große Ganoven – Bandenhäuptlinge und Flittchen, Zuhälter und Raffer, Bahnhofs- und Dachbodenpenner, Schwarzhändler, entwurzelte Angeworbene. Das war aber nur die oberste Schicht . . . Oder die unterste? Auf dem Fensterbrett lag Staub, doch vor dem Fenster, jenseits der Scheibe, gingen, liefen, klebten, tanzten, feierten, weinten stahlen, opferten die Wertstücke der Familie und sich selbst, wurden geboren und starben die verschiedensten Menschen, viele Menschen, viel Erde, viel Wald . . .

»Viel Wald, viel Wald, darinnen ein Wacholderbusch. . . « Damit schlief er ein, ohne sich an das Scherzliedchen, das er in dem Dorf Polowka gehört hatte, gaz zu erinnern. Es war ein gutes, flüssiges Liedchen – Volkskunst.

Er schlief zunächst fest und ruhig, dann aber kam ein Alptraum und begann ihn zu quälen: Über das aufgeweichte Frühjahrseis eines Flusses, verschmutzt von Anglern, gefleckt von ihren Eisbohrern, geht tanzend ein kleines Mädchen mit rotem Käppchen. Das Eis ist auf beiden Seiten durch offene Streifen vom Ufer getrennt, gleich wird es aufbrechen, und auf dem Eis ist keine Menschenseele außer dem kleinen Mädchen. Leonid blickt unverwandt zu dem Mädchen hin und erkennt Sweta. Er will schreien, aber in diesem Moment bricht das Eis auf, zerbirst in Schollen. Leonid läuft am Ufer entlang, genauer gesagt, er will laufen, aber er kann nicht. Er ruft nach Sweta, doch in der Brust ist zuwenig Luft für einen lauten Schrei. Da stürzt er sich in den Fluß, bearbeitet das Eis mit den Fäusten, aber es zerbricht nicht. »Ein Brett brauchst du, ein Brett«, hört er Fedja Lebeda rufen, und plötzlich ist ein Brett da. Leonid zertrümmert damit das Eis, will schnell hin zu Sweta, prallt schmerzhaft mit der Brust gegen die Kanten der Schollen, dringt immer weiter in das brodelnde trübe Wasser vor. Ein Glück, daß es wenigstens nicht kalt ist. Hier werden heiße Abwässer vom Reifenwerk eingeleitet, darum ist es nicht kalt. Er dringt bis zu dem Mädchen vor, streckt ihm die Hand hin, aber in diesem Moment zerbricht die Scholle in mehrere Stücke, das sorglos lachende Mädchen wird herumgewirbelt, schwimmt jetzt nicht mehr auf einer Scholle, sondern auf einer Heftseite, wo in einer Ecke eine große rote Vier steht, fliegt in den Himmel, in die von Sternen durchstichelte Finsternis. Aber das ist ja das Jenseits! errät Leonid und stößt, wie ihm scheint, einen lauten Schrei aus: »»Aaah!« In Wirklichkeit stöhnte er nur, warf sich im Bett herum und erwachte.

»Was hast du?« flüsterte Lerka undeutlich.

»Schlaf, schlaf. Es ist nichts.« Erleichtert holte er tief Luft, drückte mit der Hand Lerka an sich und ließ sie nicht eher los, als bis ihm die Hand taub wurde. Da stand er auf, um nach der Tochter zu sehen. Sie hatte die Zudecke heruntergestrampelt und das Kissen weggeschoben, Arme und Beine von sich gestreckt und umarmte vertrauensvoll Tante Linas alte Truhe, die von einem Wjatkaer Meister gefertigt worden war und seit eh von ihrem Körperchen gewärmt wurde; vor ihr hatten entfernte Verwandte, die sie nie gesehen, nie gekannt hatte und auch nie mehr sehen, von denen sie nie mehr etwas erfahren würde, mit der Truhe gelebt, sie gewärmt und darin Hochzeitskleider, die schlichte dörfliche Mitgift, Wollknäuel, Bücher, Bündelchen mit Silbersächelchen und Sahnebonbons, Teppichläufer,

Tischtücher und Spitzen aufbewahrt. Was soll das Geschwätz von der Verbindung der Zeiten! Sie ist gerissen, wahrlich gerissen, der Ausspruch ist keine poetische Metapher mehr, er hat einen bösen Sinn bekommen, dessen Tiefe und Bedeutung wir erst mit der Zeit erfahren werden, vielleicht auch nicht mehr wir, sondern erst Sweta und ihre Generation, die sicherlich die tragischste Generation aller irdischen Zeiten ist . . .

Fürsorglich schob er Sweta das Kissen unter den Kopf, deckte sie zu, kniete sich neben der Truhe hin, drückte behutsam die Wange an den Kopf der Tochter und fand Vergessen in einer süßen Traurigkeit, in einem auferweckenden, lebenspendenden Kummer, und als er wieder zu sich fand, spürte er etwas Nasses im Gesicht, und er schämte sich der Tränen nicht, verachtete sich nicht wegen der Schwäche, und auch zu der üblichen Selbstverhöhnung wegen seiner Empfindsamkeit verspürte er keine Neigung.

Er kehrte ins Bett zurück, legte die Hände unter den Kopf, lag da und sah auf Lerka, die ihm den Kopf unter die Achsel kuschelte.

Mann und Frau. Ehemann und Ehefrau. Sie haben sich gefunden. Sie leben miteinander. Sie essen Brot. Sie kämpfen gegen Not und Krankheiten. Sie ziehen ihre Kinder auf, in unserm Fall ein Kind. Ein Kind nur, aber bis es groß ist, bereitet es ihnen viel Mühe, und sie machen es ihm und sich schwer. Nachdem sie über die Erde geirrt sind unter vielen Ihresgleichen, haben sie sich zusammengefunden, er und sie, nach dem Willen des Schicksals oder dem allmächtigen Gesetz des Lebens. Ein Ehemann und seine Ehefrau. Eine Frau und ein Mann, die sich überhaupt nicht gekannt haben, die nicht mal eine Ahnung hatten von der Existenz der lebendigen Staubkörnchen, die sich mitsamt der Erde um ihre

Achse drehten in dem unvorstellbar gewaltigen Raum des Weltgebäudes, haben sich zusammengefunden, um einander die nächsten Menschen zu werden, um ihre Eltern zu überleben, selber das Los der Eltern zu erfahren und sich und sie fortzusetzen.

Nicht Männchen und Weibchen, die sich auf Geheiß der Natur paaren, um in der Natur fortzuleben, sondern Mensch und Mensch miteinander vereinigt, um einander und der Gesellschaft, in der sie leben, zu helfen, um sich zu vervollkommnen, um ihr Blut von Herz zu Herz zu übertragen und mit dem Blut all das, was an Gutem in ihnen ist. Von den Eltern haben sie ihr Leben, ihre Gewohnheiten und ihre Charaktere mitgebracht, als sie von ihnen einander übergeben wurden, und aus diesen verschiedenartigen Rohstoffen muß nun ein Baumaterial geschaffen, muß eine Zelle in dem viele Jahrhunderte alten Gebäude geformt werden, die den Namen Familie trägt, müssen beide gleichsam neu geboren werden, um gemeinsam bis zum Grab zu gehen, sich voneinander loszureißen mit von niemand zu ermessendem Leid und Schmerz.

Ein gewaltiges Rätsel! Um es zu lösen, sind Jahrtausende verballert worden, aber das Rätsel der Familie ist wie das des Todes nicht begriffen, nicht gelöst worden. Dynastien, Gesellschaften, Imperien zerfielen zu Staub, wenn in ihnen die Zerstörung der Familie begann, wenn er und sie herumirrten, ohne einander zu finden. Dynastien, Gesellschaften, Imperien, die keine Familie schufen oder deren Grundlagen vernichteten, fingen an, mit dem erreichten Fortschritt zu prahlen und mit Waffen zu klirren; in Dynastien, Imperien, Gesellschaften zerfiel mit der Familie die Eintracht, das Böse gewann allmählich die Oberhand über das Gute, und die Erde klaffte auf vor den Füßen, um das Gesindel zu verschlingen, das sich, schon ohne jedes Recht dazu, als Menschen bezeichnete.

Aber in der hastigen heutigen Welt möchte der Mann seine Frau schon in fertiger Form bekommen, und die Frau wünscht sich einen guten, besser einen sehr guten, einen idealen Mann. Die Witzbolde von heute, die das Heiligste auf der Erde, die Familienbande, zum Gegenstand des Hohns gemacht haben, die eine uralte Weisheit in den Dreck ziehen mit Witzeleien über die schlechte Frau, die in allen guten Frauen aufgelöst wäre, sollten doch eigentlich wissen, daß auch ein guter Mann auf sämtliche schlechten Männer verteilt ist. Einen schlechten Mann und eine schlechte Frau sollte man in einen Sack nähen und ersäufen. So einfach ist das! Bis zu dieser Einfachheit sollte man sich durchringen auf dem schwankenden Familienschiff, das sich seit der Erschaffung der Welt nicht geändert hat, das ganz ausgedörrt ist und angeschlagen von den Stürmen des Lebens und nicht mehr richtig schwimmen kann.

Ehefrau und Ehemann sind ein einziger Satan, die Frau ist dem Mann gegeben für ein ganzes Leben – so sieht die ganze Weisheit aus, die Leonid über diesen komplizierten Gegenstand wußte.

Wollen doch mal sehen, was der Genosse Dal darüber sagt! Vorsichtig stieg er über Lerka hinweg. Die Frau, gewohnt, mit Sweta zu schlafen und jede Regung von ihr zu behüten, so daß sie sogar den Atem ihres einzigen Kindes hörte, tappte, ohne aufzuwachen, neben sich.

»Was hast du?« fragte sie wieder dumpf, schläfrig.

»Schlaf, schlaf. Es ist nichts«, antwortete Leonid wieder halblaut und zog die Zudecke über sie. »Ich heiz den Herd. Bei Sweta ist es kalt.«

Und er heizte den Herd, obwohl es in der Wohnung nicht kalt war, hockte vor der offenen Feuerklappe, atmete die trockene Wärme ein, schaute in die schön und munter tanzenden Fammen und ging dann zu seinem Schreibtisch, dabei warf er einen Blick auf die behaglich ausgestreckte Lerka, die sich in ihren Haaren verwickelt hatte.

Über dem Schreibtisch, vor langer Zeit im technischen Büro der Station Wejsk wegen Klapprigkeit ausrangiert und unentgeltlich an Tante Lina abgegeben, war ein Regalbrett für Schulbücher, Hefte und Schreibutensilien angenagelt worden. Jetzt standen darauf, zum Fenster hingeneigt, ein Wörterbuch, Nachschlagewerke, Leonids Lieblingsbücher, ein Band Lieder und Gedichte. Und da stand auch in ampelgrünem Einband das Buch »Die Sprichwörter des russischen Volkes«. Der »junge Schriftsteller« und in Familienangelegenheiten schon erprobte Ehemann schlug das dicke Buch mittendrin auf. Der Abschnitt »Mann und Frau« nahm zwölf große Buchseiten ein, denn die junge russische Nation hatte schon bis zum vorigen Jahrhundert eine Menge Erfahrungen in bezug auf die Grundlagen der Familie gesammelt und in ihrer Volkskunst gespiegelt.

»Gute Frau und fette Suppe – alles andere sei dir schnuppe.« Vernünftig, sehr vernünftig und zutreffend! dachte grienend der Denker aus der Eisenbahnersiedlung. Aber bald las er derartige Eröffnungen, daß ihm die Spottlust verging: »Deine Frau und dein Tod sind Gottes Gebot«, »Heiraten darfst du, dich scheiden nicht«, »Hast du deinen Mann gefunden, bis zum Tod mit ihm verbunden«, »Der Vogel ist stark durch die Flügel, die Frau ist schön durch den Mann«, »Hinterm Rücken meines Mannes brauch ich nichts zu fürchten.«

Aha! Von wegen! widersprach Leonid diesmal der Weisheit des Volkes. Da müßtet ihr mal eine Frau von heute kennenlernen! Unwillkürlich schielte er zu Lerka.

»Eine Frau ist kein Stiefel, du kannst sie nicht vom Fuß ziehen.« Sehr richtig, dachte er mit einem langen Seufzer und stellte das Buch zurück.

Auch ohne Nachschlagebuch reichen mir die Belehrungen der verstorbenen Oma Hoppehopp für ein vernünftiges Leben, entschied er. »Familien gehen kaputt, Weiber und Männer laufen auseinander, und warum?« pflegte sie zu fragen, dann gab sie selbst die Antwort: »Weil sie getrennt schlafen. Sie sehen ihre Kinder und den Partner manchmal wochenlang nicht – wie soll das halten? Mein Adam und ich, wir haben uns so manches Mal gestrubbelt und auch gedroschen, aber Mann und Frau, sind sie manchmal auch nicht nett, gehören doch ins selbe Bett. In der Nacht hat mein Adam dann immer die Hand auf mich gelegt, und ich hab in der Wärme mein Bein rübergeschoben, und siehst du, schon waren wir versöhnt, schon herrschten Ruhe und Eintracht im Haus.«

Auch das stimmt, dachte Leonid mit einem Seufzer. Die Oma hat die kompliziertesten Aufgaben ohne Bruchrechnen gelöst, einfach, aber richtig.

Er stand mitten im Zimmer, strich sich über den Kopf. Hinter dem Kleiderschrank begann schwaches Licht durchzusickern. Er strich mit der Hand über das zerkratzte Holz. Den alten Sarg werd ich doch noch zerhacken. Das Möbel leckte ihm mit rauher Zunge prickelnd, freundschaftlich die Hand wie ein alter Hund. Hilft alles nichts, alter Freund, das moderne Leben verlangt Opfer. Ohne Opfer entsteht nichts Neues bei uns, kommt nichts in Ordnung, dachte der Herr der Wohnung Nummer vier und lachte schuldbewußt auf.

Das Morgengrauen rollte schon als feuchter Schneeklumpen zum Küchenfenster herein, als Leonid, die

Ruhe genießend, inmitten seiner friedlich schlummernden Familie, mit einem lange nicht gekannten Vertrauen in seine Kräfte und Möglichkeiten, ohne Trauer und Gereiztheit im Herzen, sich an den Schreibtisch setzte, ihn mit beiden Händen festhaltend, damit er nicht knarrte und nicht ächzte. Er griff nach der uralten Lampe, die auch aus dem Büro stammte, bog ihren Hals mit dem eisernen Schlüsselchen am Ende tief herunter, schob ein Papier in den Lichtfleck und saß lange darüber.

Sowjetliteratur

Sergej Guk
Totentrakt
Kriminalroman
Aus dem Russischen
160 Seiten, kart., DM 9,80
ISBN 3-88142-405-9

Sergej Mstisławski
Die Krähe ist ein Frühlingsvogel
Roman. Aus dem Russischen
384 Seiten, Leinen, DM 14,80
ISBN 3-88142-163-7

Nikolai Ostrowski
Wie der Stahl gehärtet wurde
Roman. Aus dem Russischen
453 Seiten, Leinen, DM 14,80
ISBN 3-88142-018-5

Julian Semjonow
Die Würfel fallen in Moskau
Spionageroman
Aus dem Russischen
316 Seiten, kart., DM 14,80
ISBN 3-88142-354-0